村崎　愁

Murasaki Syu

同じ羽を持つ鳥は群れを成す

風詠社

目次

装幀　２ＤＡＹ

〈一〉伯母の訃報

父から伯母の訃報を知らされたのは、夏がやっと過ぎ去り金木犀の香り漂う初秋の昼過ぎだった。笠置智子は一人暮らしである。部屋の窓を開け、秋の香りを存分に味わっている最中、携帯電話が鳴り出した。
「おい、姉さんが死んだけん、喪服持って帰って来い」
伯母の富美の死、その用件のみを告げた父の声は切断音に変わった。

智子と父である康男とは世間的に言えば仲が良い（例えば一緒に買い物や夕食に行ったりする）間柄ではない。互いが互いを少なからず見下していたし、親子だからこそ、互いに持っている同じ嫌な部分を認めるのが（あるいは見ることさえ）嫌で、十数年前の母親の葬式以来顔を合わせていなかった。

過去に談笑した記憶すらない。電話で聞いた内容よりも、随分老け込んだ父の声に驚いたほどに、一切交流をしていなかった。意図的にそうしていたわけではないし、特別な憎悪の念があるわけではない。智子が娘として生まれ、同時に康男が父親になり、やがて自然に「余計な交流をしない」というのが二人にとって、いちばん円滑な親子関係を保つ手段であることが解った。

もちろん最初からそうあったわけではない。康男は智子が産まれてから少しの間「世間的に良い父親」になることを目指し、智子は「世間的に仲の良い親子」に憧れを持った。しかし、それはあくまで世間的なことで、自分たちには当てはまらないと察知し、結果としてそうなったのだ。

そのために、智子は比較的早い段階で（十七歳でアルバイトを始め、その半年後には）実家を出て、一人暮らしを始めた。娘が待ちわびたように一人暮らしを始める旨を伝えると、康男は幾分安堵したように見えた。

「何かあったら連絡してこい」と、いかにも父親らしいことを告げたが、それは「何もなければ連絡してくるな」という意であることを智子は理解していた。

特に急ぐわけでもないのだが、特急列車に揺られながら（実家は隣県にあり、特急列車でおおよそ二時間半ほどかかる）智子は伯母の富美や、様々なことを思い巡らせていた。

親戚は元々少なく、交流もないので富美がいちばん近い親戚と言える。富美の家族以外は会ったこともないし、いたとしても似た血が多少流れているだけで、ほぼ他人だろう。

智子の顔は、父にも母にもあまり似ていなく、若い頃の富美に酷似している。富美を知る周りの人からは「顔も声もますます富美さんに似てくるね」と毎度毎度言われた。所謂、隔世遺伝というものだろう。富美がもしも康男の男兄弟なら、とんでもない話だが。昔の富美をあまりよく知らない智子にとってそれは、褒められているのか、貶《けな》されているのか、それ以外なのかもわからず複雑な感情になった。

だが姪ということを抜きにしても、幼い頃は贔屓《ひいき》にされた方だと思う。富美には息子しかおらず、言葉どおり、娘のように可愛がられた。縁日には富美の家に泊まりに行き、あまり裕福ではない智子に、泊まりに行く度に洋服を買ってくれた。

智子には弟がいるが、そちらは母の顔に酷似している。判を押したかのような、見事に母の顔だ（残念ながら端正な顔立ちではないが）。母は智子が高校生の時に癌で亡くなっており、弟と顔を合わせると、母の顔が浮かぶ。弟が笑うと母が笑っているように思え、智子は弟に対してブラザーコンプレックスに近い、特別な感情を持っている。

富美は正しくはわからないが、七十近い年齢だと思う。十年ほど前に旦那の浮気が発覚し、土下座して謝罪する旦那を殴り倒し、追い出した。なかなか激しい性格だが、富美は七十近い年齢にしては美しかったし、料理の腕前も店が出せるほどに（出してはいなかったが）上手かった。若い頃は弾ける様な美人だったと亡くなった母から聞いた。富美の旦那は若い時から決して良い顔ではなかった。性格はのんびりしており（悪く言えば抜けていた）、富美からすると「結婚してやったのに」というところだろう。解らなくはない。

富美は老いても「女」だったか、「女」としてのプライドを持ち続けていたということだ。離婚手続きも早急に済ませたらしく、智子にとっての伯父はその瞬間「他人」になり、もう会うこともないだろうと悟った。

数年前、弟とファミリーレストランで何気ない会話をしている時に、伯母があまり良くない病気だと聞いた。

「伯母さんな、あんま良くないらしいわ」

「何の病気なん？　死ぬやつ？」

「知らん。伯母さんあんまり自分のこと言わんからな。入院するほど悪いらしいんやけど、せんらしいわ」と弟はあまり神妙ではない面持ちで言った。

「そっか。入院しても治らんけんなんかな。まぁもう歳やしな。好きにすればいいわ」

智子もあまり神妙ではない面持ちで答えた。薄弱な会話をしながらカキフライを突いた。

その病気が原因で亡くなったのだろうか。伯母も父も、智子にとっては遠すぎる。何かの起因がある時にしか実家には帰らないが、伯母の死という要因は、智子にとって希薄であるようであった。幼い頃に世話にはなったが、それ以降（小学生高学年辺りから）はあまり交流もなく、会話も思いつかないので、会うこと自体が億劫《おっくう》であった。しかし今回は死人に口無しで、その心配はない。あまりにも薄情だとは思うのだがそれは真実であった。

車窓からの景色が見慣れたものに変わっていく。「あと三十分くらいか」と瞳を閉じ、智子はかつての恋人である白井を思い出し始めた。

〈二〉不倫の傷跡

四年前の春。当時、十五歳年上の上司である白井から三か月ほどに渡る、毎日の熱烈なアプローチを受け、交際を始めた。智子はその時、対人関係に辟易しており交際を望まなかったが、折れずに口説かれ、そのうちにすっかり信用し、いつしか白井を好きになってしまっていた。十五という歳の差は、智子が本来求めていたのであろう理想の父の包容力として、より魅力に感じた。格好はイタリア人のように（実際にイタリアブランドを好んでいた）気を遣い、愛車のメルセデス・ベンツはいつ見ても鏡のように光っていた。

毎日が輝きを放った。白井の腕を組み、歩けることに誇りを感じた。この人がどんなに老いようと、苦境に立たされようと、そばに居られる限りは支え続けると決心した。「あばたもえくぼ」とはよく言ったもので、白井の左手の薬指にある指輪の跡を見ても、彼が「自分で買ったファッションリングの跡」だと言えば、納得した。

半年が経った頃に「しばらく仕事が忙しく会えなくなりそうだ。なるべく時間は作る。君が心配だから仕事も辞めて家で待っていてほしい」と告げられ、智子はその通りに従った。会える回数は毎日から週に一度に減り、月に一度と徐々に無くなっていった。智子は毎日、訪れない白井のために夕飯を作り、寝る前にそれを捨てた。友人との交流さえも疎まれていた智子は必然的に追い詰められ、別れの旨をメールで何度も告げた（電話はいつも忙しい、と出なかった）。

白井はそれをすべて一喝した。「君のために寝る間も惜しんで仕事をしているんだ。なぜわかってくれないんだ。別れるなど、許さない」と。

毎日、不信感や猜疑心が深まる。だが初めて愛した男の言葉は、呪文のように強烈に智子の精神を縛り付けた。体重は十数キロ落ち、膝を抱え、窓も開けない生活をしているうちに、元後輩にあたる永野から連絡がきた。

「笠置さん元気ですか？　伝えたいことがあるんです」

久しぶりに聞く永野の声は心なしか緊張を含んでいた。

「久しぶりだね。元気ないよー。で、どうしたの？」

無理やりに相手には見えない笑顔と余裕を作り、応じた。

「あの、言いにくいんですけど」

永野は一呼吸置き、続けた。

「白井さん、結婚してます」

張り付いた笑顔が固まって剥がれない。自分の心臓の鼓動だけが激しく鳴っていた。

「僕も知らなかったんです。でも、確かです。白井さんの奥さんから急に電話がきたんです。白井さんが帰ってきてないって。会社にも大分前から来てないし、笠置さん、どうしますか？」

心の奥底に確かにあり、それに無理やり上から物を被せ、見ないようにしてきた物が剥き出しに晒された。とにかく何か話さなければならない。

「家に、行く」

智子はそれだけを告げ、電話を切った。

住所はわかっていたが、「精神疾患を抱えた父親がいるので、来ないでほしい。父に元気がある時に来ていいか確認するよ。僕も君を紹介したい」と言われていたので家には行ったことがなかった。既婚者であれば、それは脇が甘いのか、智子を信用しきってのことか。

すぐに少しだけ食事を摂り、智子は車に乗り込んだ。「帰ってきていない」ということは、仕事に打ち込んでいるのは本当なのかもしれない。会社には来ていないと聞いたが、白井は様々な仕事をしていた。智子は内容までは聞いていなかったが、少なくともメールは二日に一度は来ている。無事なのは確かだ。それは智子に僅かな安堵を与えた。

激しい動悸に襲われながら、今までの白井の言葉や、永野の言葉を頭の中でグルグルと反復させているうちに白井の家に着いた。どの道を通ってきたか記憶がないほどに動揺をしていた。

そこは全体に灰色がかった、巨大な象が並んでいるような集合住宅で、白井のイメージとは到底かけ離れていた。何度も住所を確認したが間違いはない。薄汚い集合住宅で、愛車やイタリアブランドの革靴を毎日ピカピカに磨き、埃も隙もひとつとない状態で仕事をし、智子と逢瀬をしていた。

週に何度かは高級なレストランに連れて行かれ、古くからやっているであろう会員制のバーに行き酒を嗜んだ。旅行に行けば、月並みなサラリーマンが月収でもらうような額のホテルに泊まり愛し合った。その間、おそらく家で妻は、白井が渡す生活費でやりくりをし、家を一人で守っていたのだろう。何たる陰であろうか。白井自身も自ら作り上げたイメージに苦しんでいたのだろうか。そうだとしても、それは到底智子に救えるものではなかった。

しかし、智子は金の心配がない、豪遊とも呼べる生活をしたくて白井と過ごしていたわけではない。鏡のように光る車に乗りたくて白井の車に乗っていたわけでも、世間から

「金持ち」だと見られたくて白井の腕を組み街を歩いていたわけではない。

智子は休日に、白井とパジャマのようなだらしのない格好で、買い物をしたかったし、必要であれば節約料理にあれこれと奮闘したかったたし、夜にはＤＶＤを借りてきて、安い発泡酒を飲みながらそれを観て、白井の身体を癒しながら、安らかな眠りを提供したかった。ただ、普通の生活を白井と普通に過ごしたかった。白井は、普通でない（智子の観点から見れば）生活を智子と過ごしたかった。

白井の妻も智子と同じなのではないだろうか。だが、白井にとってその生活は確たる暗の部分である。二つは決して交わらない。


白井の表札がある部屋番号の前に立つと、身体中が震えだした。いつから流れているのかもわからない温い涙も止まる気配はない。流れる涙がコンクリートの床に落ち、滲みを作った先に目がいくと、カメムシの死骸が転がっていた。震える右手を左手で抑えながらベルを鳴らす。中からは生活音が聞こえていたが、ベルが鳴った先に生活音が幾分小さくなった。中には何が潜んでいるのであろう。

「白井さん、いませんか?」と言った智子の上の階段から近所の住人らしき人が声をかけてきた。智子の涙や、夜の訪問に疑問を抱いたのであろう。客観的に自分を見なくとも、不審者か、親しい関係者でない、招かれざる客であるのはわかる。声をかけてきたのは、いかにもスキャンダルを好みそうな中年女性だった。

「白井さんの旦那さん？　でしたら、最近見かけていませんよ。でも前まではご夫婦で夕方には帰ってきていました。一体どうしたんですか？」

中年女性は首をかしげ、智子の顔を覗き込む。ご夫婦……心臓がわかりやすくズキリと痛む。その質問には答えず、「お子さんはいるのですか？」と聞いた。

「いますよ。男の子です。ええと、中学生だったかしら」

白井は以前「結婚も同棲もしたことがない。もちろん子供ができたこともね。この車に女性を乗せたのも君が初めてだ」と言っていた。その言葉をそっくりと信用し、なんと誠実で堅い人なのだろうと思っていた。男性は欲しいものを手に入れるためなら、自ら作り上げた家庭や、血を分けた子供の存在すら消せるものなのだろうか。もしくは必死に己を押し殺し、智子の理想の男性を作り上げていたのだろうか。どちらにせよ、理解はできない。

智子は白井の妻が出てきたら土下座をして謝ろうと思っていた。知らぬ事とはいえ、貴方の旦那様と関係を持ってしまった事を詫びにきた、そう言おうと決めていた。どのような理由があろうが筋は通さなければならない。智子はそういう性格だった。

しかし、次第に生活音は聞こえなくなり、逆にこちらの話を窺っているようにも感じ取れた。ドアが開く気配は全くない。中年女性もその場から動くつもりはないようだ。とにかく真実はわかった。もうこれ以上の進展は望めないだろう。

中年女性に「ありがとうございます」と礼を告げその場を離れようとすると、再び「あの、何があったのですか？」と聞かれた。智子は情けなく涙と鼻水を垂れ流しながら、笑顔で「少し、嘘をつかれていただけです」と答え、車まで逃げるように走った。

中年女性の満足のいく答えになっただろうか。車内に戻り、ハンドルに何度も拳と頭を打ちつけた。涙はもう止まっていた。携帯電話を取り出し、最後と思い一通だけメールを送った。

「今、あなたの家に行きました。ずっと嘘をつかせてしまっていてごめんなさい。でも作り上げたあなたが好きだったわけではありません。心から安心でき、本当の自分を出せる相手のところに戻ってください」

少し美化しすぎた文面かもしれない、とは思ったが、最初の文章は不倫をしている既婚男性が読むと戦慄するに違いないものであり、それは智子が唯一できた仕返しでもあった。

その日から白井からの連絡はぱったりと途絶えた。実に呆気なく、実に「ひと夏の恋」

であった。しかし精神にあまりにも激しい傷害を受けた智子は、傷のみが引きずり、生物であることをやめた。正しくは、食することをやめ、眠らなくなった。そしてベッドに横になったまま動くことをやめた。

それから一週間ほど経ち、再び永野から連絡がきた。

「笠置さん、元気ですか?」

永野からの電話の入りはいつもこうだ。元気などあるわけがない。元気があろうが、なかろうが永野は気にしないだろう。

「昨日、また白井さんの奥さんから電話、きました」

「あー、なんて?」

余裕を見せなければと思うのだが、白井、という名前を聞くと心臓が一度大きく鳴る。携帯電話とはこのように重かっただろうか。

「白井さん、あれからずっと帰ってきてないって。何か知らないかって。もちろん、知りませんって答えましたけど。白井さん本当にどこに行ったんですかね?」

永野は単調な、興味がなさそうな口調で言った。永野の声の奥で煙草に火を点ける音がした。

「さあ。逃げたんじゃないかな? 家まで行っちゃったからね。普通の人なら怖くて帰れないでしょ」

　智子もあくまで興味がないような口調を心がけた。

「普通の人なら、ですけどね。あ、じゃあ笠置さん、また連絡しますね」と言い永野は電話を切った。何か用事でも思いついたか何かの時間になったのだろう。暇つぶしの連絡にしては残酷すぎる。ゆとり世代の永野らしいといえばらしいが。

　それからも食べずに眠らずに過ごしていたところ、いつの間にか立つこともできなくなっていた。当然だ。体重はもう元の半分以下にまでなっていた。あまりにも生活痕を出さなくなった住人を、心配した大家が警察に連絡し、死ぬ寸前で発見された智子はあまりにも凄惨であったらしい。痩せこけ、異臭を放ち、ベッドのそばには腐った水が入ったペットボトルが何本も転がっており、目玉だけが大きくギョロギョロと動いていたという。

その辺の記憶は智子にはない。だが想像しただけで底気味が悪い。

　その後、すぐに病院に搬送され「重度の鬱病と摂食障害に伴う栄養失調」という病症名が与えられた。入院と投薬により徐々に体重は戻り、回復の兆しが見え、漸く退院した直後の叔母の訃報であった。

〈三〉更生施設「富美子家」

「別府、別府です。お降りのお客様はお忘れ物のないようにご注意ください」

聴きなれたアナウンスが流れる。しまった、二駅も乗り過ごしてしまった。ホームに降り立つと辺りはもう暗くなっていて、駅前の寂れたビジネスホテルのネオンの電球が二文字ほど切れてチカチカと点滅していた。反してパチンコ店の装飾は激しく、新しげで、賑わいを見せている。

智子は思い切り息を吸ってみた。微かに、硫黄の香りが鼻腔をつく。腕時計に目をやると、時刻はすでに二十二時を回ろうとしていた。駅前に大量に止まっている、需要の無さそうなタクシーに乗り込み住所を告げる。田舎の二駅は長い。その距離は（おそらくいつも退屈な）運転手を満悦させたようだった。金額にしておおよそ三千円弱ほどか。楽な商売ではない。

喪服と数日分の必要な物が入った、幾分大きなバッグを見て運転手は「お姉ちゃん、観光？」と話しかけてきた。

「いや、こっちが実家です。身内の不幸で」

「あー、年寄り多いけんなあ」

なぜ老人限定なのか。間違ってはいないが。運転手はよく喋る割には、話を聞いていない。だがそれくらいの無関心が丁度良い。

窓の外に目をやると、十数年前に見た景色とは若干変わっていて、少しだけ目新しい建物が目立っていた。それは智子にかつての郷愁を感じさせる。だが少しずつでも新しい建物が建ち、これから賑わいを見せるのかもしれないという希望もある。離れていてもやはり故郷は故郷で、廃れていくのは寂しさがある。


「あ、ここで」と家の付近に着いた智子は支払いを済ませ外に出た。見慣れたはずの家の前に立つとなぜか緊張が走る。毎回していることだが、家の前の石でできた粗荒な腰掛に座り、まず煙草を一本吸う。夜空の星に向かって煙を吹きかける。煙が薄れていき、都会では見られない大きな星々が、月明かりよりも輝いていた。

平静を保ち、ドアノブを開けると、近所の人たちが狭い家の中をせわしなく動いていた。

隣に住む日野が智子に気付く。

「智子ちゃん！　久しぶりやねえ。べっぴんになったねえ。康男さん、智子ちゃん帰ってきたで」

奥から「おう」とだけ康男の声がした。

「日野さんありがとうな。もういいで。皆もありがとう」と軽く頭を下げてから、まるで他人の家に上がりこむように慎重に自分の部屋に入る。すぐに喪服に着替え居間に行くと、富美の遺体の横に父と弟が胡坐《あぐら》をかいて据えていた。

「おお、遅かったな。先、手合わせえや」と弟に言われ、智子は富美の面布を取り、手を合わせた。富美の顔は、皺やたるみを取り除けば確かに智子の顔だった。行く末の自分の死に顔を見ているようで小気味が悪い。すぐに面布を顔に戻し、弟に話しかける。

「うちで葬式するん？　信君は？」

信とは智子より二つ年上の富美の一人息子だ。幼い頃は仲良く遊んでいた。

「何かな、伯母さん山持っちょったやろ。そこで施設みたいなんしよったらしいわ。やけんここでって。信君は東京やけん、なるべく急いでくるらしいわ」

弟も不明瞭らしい。施設など初耳だ。康男が智子の顔を見ずに口を開いた。

「俺もよう知らんのんじゃけどのう。姉さん急に死んだけん。施設ん子らは来んのやねんかな」

康男は多少滅入っているように見えた。智子は康男を注視した。十数年前に比べて随分縮んだようだ。目元が落ち窪み骨格が浮き出ている。白髪が目立ち、筋肉もほとんどない。

まるで枯れ木だ。

「子供の施設なんや。そこどうなるん？　今そこん子らご飯食べよるんかなあ」

何も知らない智子に、ほぼ、何も知らない康男は三つ折にされた紙を投げた。

「気になるんなら、姉さんの骨拾ったら行って来い。たぶんそこ潰すか委託みたいなんになるやろうけどな」

三つ折にされた紙はどうやら住所や、おおまかな内容が書かれているようだった。

「ん。葬儀何日かけるん？」

「明日で終わるわ。金もかかるけん」

死んだ者に時間も金もかけないという康男の主義は、妻でも実の姉でも例外ではないようだ。これで話は最後にしようと思った。あまり長く話すと決まってバツが悪くなる。

「伯母さん、病気で死んだんやんな？」

康男も智子との話はこれで仕舞いにしたかったようだ。

「事故や」とだけ告げて窓を開け煙草に火をつけた。

葬儀が終わる寸前に辿り着いた、本来喪主であるべき信は泣いていた。離縁した旦那には連絡すらいっていないようで、結局富美の死に、涙を流したのは一人息子の信だけだった。涙を流す人間が一人いるだけでも幸せな方か。智子は、もし今自分が死んだら涙を流してくれる人間は一人もいないだろうと思った。

骨上げが終わり、すぐに智子はレンタカーを借り、紙に書かれた住所に車を走らせていた。住所の上には「民間更生施設　富美子家」と書かれている。民間ということは伯母が経営していたのだろうか。富美の名前に「子」はつかない。父も言っていたように子が、更生されているのだろうか。

山中を走ること二時間半ほどで目的地に着いた。走っている道路が国道か県道かすらも怪しい。二時間半の間、店と呼べるものはおろか、民家も見当たらなかった。山頂近く、一辺ほどの更地に砂利が敷き詰められており、そこには施設とは到底呼べない、古い木造の三階建てのアパートメントらしき建物があった。黒カビの染み込んだ手書きの看板に「富美子家」とあり、それがなければUターンして帰っていたかもしれない。

建物の東側には広い畑があり、十代ほどに見える女の子が手入れをしていた。車のタイヤが砂利を弾く音に気付き、そろそろと三人の子供が建物から出てこちらを窺った。みな十代半ばほどのようだ。畑を手入れしていた女の子が走ってくる。長い髪の下半分が白みがかった金色で、長いこと髪の手入れは出来てないか、無頓着であるようだった。だが眉毛はほぼ無かった。この子が眉毛を必要とする時はいつなのだろう。

智子は車から降り、眉のほぼない女の子に軽く会釈をした。

「あんた、おばちゃんの娘やろ？　顔そっくりやもん」

いきなり「あんた」と呼ばれ、面食らってしまった。伯母は実に何を更生していたのだろうか。

「違いますよ。親類、です」と、智子はわざとゆっくりとした敬語を使い、笑顔で答えた。

女の子はふうんと鼻を鳴らし、智子の顔をまじまじと見た。

「本当、そっくりやわ。ウケる」

何が「ウケる」のだろう。この子を智子が更生するとすれば、まず言葉遣いからだろう。

「おばちゃん死んだやん。ここ、どうなるん？」

眉のない女の子は不安げな（眉がない表情は読み取り辛い。それでもわかるほどに）表情を浮かべたが、智子はそれを無視した。

「伯母がなぜ亡くなったのか、ご存知ですか？」

「あんた親戚やろ？　知らんの？　本当に」

「笠置智子、と言います。それにあなたより少し年上で、初対面です。失礼しました、自己紹介から始めましょうか。日本語を使って話してください」と、女の子の話を遮った。

女の子は不満を隠すことなく曝け出し、智子を睨みつけた。

「何こいつ……うぜえ」と言い放ち建物に入っていった。こちらを窺っていた子供たちは女の子に智子の情報を聞こうとしたようだが肩透かしを喰らい、諦めたようだった。それぞれが建物に戻っていく。ここはまるで精神疾患患者を扱った閉鎖病棟のようだ。

病院を出たばかりでまた戻ってきてしまったと、智子は深いため息をついた。人間関係に辟易していた頃を彷彿とさせる。車内に戻り煙草を一本吸った。智子にとっての喫煙は我を治め、頭を冷やす手段の一つであった。

シートを少し倒し、弟に電話をかけた。初めから弟に聞けばよかったのだ。

「あーごめんね。あのさ、伯母さん何で死んだん?」

「俺が帰った時にはもう警察が帰っちょってなあ。事件性の無い事故って聞いたわ。車で買い物行ったときに電柱当たったたって」

「でも顔、綺麗やったやん」

富美の顔には傷一つなく、まさに眠っているような死に顔だった。

「年寄りやけんなあ、軽く電柱当たって、心臓発作起こしたんやって。やけん病死の方が正しいんやねんかな？　わからん。俺、役場の人間やねえし」と弟は笑った。

事故の衝撃による心臓発作。それは事故死になるのか、病死になるのかは智子にもわからない。ただ康男ははっきりと「事故」と言った。

車の窓がコンコンと鳴る。目をやるとそこには色白い、前髪で目がほとんど隠れている男の子が立っていた。やはり十代半ばほどか。「あ、ありがとう、また連絡するわ」と言って電話を切り、窓を開けた。先ほどの女の子と違い、蔑視や敵意は感じられない。彼女に敵意を与えたのは智子本人なのだが。

「なに？　用？」と聞く智子の顔を空の目で少し眺めてから、男の子は口を開いた。

「一本ちょうだい」

煙草のことだ。男の子が見るからに十代であることに少し抵抗はあったが一本渡した。所詮他人だし、この子が今後どのようになろうが、どんな道を歩もうが興味はない。

ライターは自分で持っており、火をつけ、思い切り煙を吸い込んだ瞬間咳き込んだ。不思議と煙草の一本を強請《ねだ》る人間は、いつも決まってライターを持っている。咽《むせ》た拍子に少年の前髪が払われ、顔すべてが見えた。煙に目を潤ませ、咳き込みながら笑顔で智子を見て「クラクラする。おいしい」と言った。自身の格好悪さに笑っているようだった。人の笑顔がこんなにも不自然に感じられたことがあっただろうか。それは久しぶりに人の笑顔を見たからだろうか。笑う少年を真顔で見た。

「なに？　僕、なにか変？」と少年はフラフラしながら残りの煙草を惜しそうに吸う。自分称を「僕」と呼ぶ若い子は珍しい。特に十代半ばの男の子はほとんどが「僕」から「俺」に変わっていく。大きく開いて、後は五十代辺りの男性くらいか。白井が脳裏に浮かぶ。これでは白井にとり憑かれているようだ。智子は振り払うように首を左右に振ったが、「変だね」と答えた。

そもそもが、智子には何故自分がここにいるのかもわかっていなかった。この、砂漠の真ん中に置かれた救いようの無い閉鎖病棟のような所に来て何をしたかったのか。とりあえずは、この無害そうな少年に詳細を聞こう。これは知的好奇心かもしれない。

車から再び降りた。少年の身長は智子より幾分か低く、線も細い。これから「男」になっていくのだろう。

「私はともこ。知恵の知に下が日。それに子どもの子。君は？」

「智子。智子さん。僕はルイ。類まれなる～とか、類は友を呼ぶ～のルイ」と、少し智子の名前を味わった後、少年は左手を差し出した。一応握手はしたが、左手というのはどうも引っかかった。この少年が左利きでなく理解があるのならば、望むところだ。主導権は渡さないと、変な闘争心に駆られた。

「ルイ君。伯母……あ、富美さんの部屋ってあるのかな？　あるならお願い」

案内を頼む。ルイは「ん」と歩き出した。

「富美さんはここに住んでたんだよね？」

学校のようなライトブラウンの廊下を歩きながら聞くと、ショートカットで一重の女の子が部屋から顔を出し答えた。

「うちらがおばちゃんの面倒看てたくらいだから」

その言葉には、いくら疎い相手にも理解させるだけの棘があった。看るべき人間を看なかった相手に対しての敵意だろうか。ルイはちらりとその子に目をやった。視線は指差しの代わりで、見てはいなかった。

「これ、愛。まあ急にたくさん名前覚えれないでしょ」とルイは視線を前に戻した。先ほどに引き続き、「これ」となかなか人を見下した少年だ。彼はそれが許される立場なのかもしれない。愛と名のついた少女は警戒心を解かないまま、大きな音を立て部屋のドアを閉めた。

「ここ。おばちゃんの部屋。出入りはほぼ、禁止」といちばん奥にあるドアの前に立ち、紳士のように片方の手の平を広げた。ここは、もしかしたら元々小さな学校だったのかもしれないと、漠然とそう思った。そしてそれは、目的は違えど学校のような形で今現在も運営しているとも。

「ほぼ、出入り禁止の部屋に入ってもいいのかな?」と念のため聞く。ルイは智子のトレンチコートのポケットに入っている煙草の箱を取り出し、一本抜いて(案内をした報酬のように、とても自然に)戻した。

「僕は、知らない。おばちゃんはもういない。智子さんには見る権利があるし、もしかしたら智子さんが気に入るかもしれない。じゃあね」と奥から二つ目の、おそらく自分の部屋に入っていった。

見る権利がある、それは親類だからだろうか。智子はドアを捻ってみた。捻るほどの圧力をかけるまでもなく簡易にドアは開いた。なんとも建付けの甘い、ノックをしただけで開いてしまいそうなドアだ。部屋に入り、今度はしっかりと、ドアノブを微妙に調節しながらドアを閉める。そして内側から、後付けの鍵を掛けた。この鍵はほぼ、出入り禁止のためと、自然にドアが開かないようにするための二つの役割をもつ鍵なのだろう。

部屋には簡易的な(ベッドにもソファーにもなりえるのだが、ベッドでしか機能されてない)無機質なマットと、その上に畳まれた布団。かつて大量生産された三十二インチの安い液晶テレビと、同じくホームセンターで大量に、安く売られているであろう机の上にA四サイズの黒い書類棚。いささかシンプル過ぎる椅子に奥には背の高い本棚。それと、富美がこの部屋の家具の中でもっともこだわったのであろうと推測される、一人掛けの黒革のリクライニングソファーがあった。

その一人掛けのソファーに智子は腰を降ろしてみる。背は低いが何とも心地が良い。身体全体が包み込まれ、全体重をどこに任せても全く危険性はないと安心させるような、重力の無い宇宙に漂っているようとは言い過ぎかもしれないが、屋根に寝そべって星を眺める、そんな行為のためだけに作られたソファーのようであった。丁度、頭を任せた先に窓があり、ようやく輝きを放ち始めたばかりの星々が見えた。深夜に同じ構図で居られたらどんなに心地良いことだろう。


心地良いソファーから離れ、机の前にある硬苦しい、丸に足が四本生えているだけの椅子に腰を下ろす。机の上には几帳面ながらも大胆な富美らしく、ペン立てにペンが整列しており、使う予定であっただろうダブルクリップや、ホッチキスは雑に置かれていた。

とにかく何か、と抽斗《ひきだし》を開け中身を確認しようと思った。それはある種、盗人や、妙な性癖を持った人間のようで、後ろめたさを感じたが、しかし自分には権利がある（らしい）し、他の誰が智子の背徳感を知るのだろうと心治めた。

書類棚のいちばん上の抽斗には今ここに住んでいる子供たちの詳細らしき書類が詰め込まれていた。富美は、富美なりに学習しようと試みたのかもしれない。その結果は尽力も虚しく、智子から見て（おそらく他人から見ても）赤点であるのだが。

まず、あの眉のない女の子の書類を見た。一枚目には入所時に撮ったらしい写真が貼り付けられている。生え際まで綺麗な金髪だ。入所して一、二年ほど経っているのかもしれない。相変わらず眉はなかったが。名前は「江藤恵美」とあった。「恵美」。「眉のない子」や「下半分が金髪の子」よりも呼びやすい。住所は愛媛。どうりで関西寄りの訛《なま》りであったわけだ。

どの子の書類にも一枚目は、写真、名前、住所、入所時の理由、簡易な略歴、退所時の引受人が記してあった。二枚目以降にはその子の観察日記のような、細かい性格が手書きで記してある。恵美の入所時の理由には「母親に対する殺人未遂。少年院出所後も再犯の恐れがある為」とあった。智子はその文字を見ただけでどっと疲れてしまった。

なるほど。更生施設とは名ばかりで、親類が引き受けたがらない子ばかりがここに「更生」の名目下、自由に暮らしているのか。二枚目の上の方には「好きな食べ物、オムライス」とあり、赤ペンで丸をしてあった。文字には高揚が窺える。恵美と富美の交流で、初めての良い収穫だったのだろう。

そこで智子は子供たちの食事がどうなっているかを思い出した。壁に貼り付けてあるコルクボードにはフックが打ち付けてあり、丸いキーホルダーに数本の鍵が下がっている。

その隣には持ち手に赤いマジックで色を塗られた古い鍵が一本だけ下げられていた。その存在は、富美一人と子供たちが明確に分けられているようで、物寂しさがあった。

書類を抽斗に戻し、古い鍵を取り部屋を出た。案の定古い鍵はその部屋のもので、正解と告げるようにガチャリと音を立て、他の者の進入を許さない部屋となった。


ルイが先ほど入っていった部屋をノックすると、中から「開いてるよー。智子さん」と声がした。ドアを開け、部屋を見ると、こざっぱりとしており、不必要な物は何もない質素な部屋だった。他の部屋もおそらく最低限必要な、ベッドや、机、椅子、テレビといった生活用品は予め備えられており、そこに個人的に必要な物を買ったり持ってきたりで個々の色をつけていくのだろう。

ルイはベッドに転がり、中年男性が好みそうな、黒を基調とした衣服の雑誌を読んでいる。

「どうして私だとわかったの?」

「だってノックする奴なんていないもん」とルイは雑誌から目を離さずに答えた。

「ご飯どうしてる? おなか空いた?」

「空いた。智子さん作って。食料尽きたって愛が言ってたよー」

どうやら「愛」は炊飯係か食料の管理係のようだ。智子は、これも血なのか、料理にはかなりの自信があった。今では富美よりも上手いかもしれない。富美はもう戦える相手ではないが。

「わかった。何人？」

「五人と智子さんで六人ー」

確認すると智子は車に向かった。エンジンをかけ施設を出ようとすると、先ほどまで敵意剥き出しであった愛が、パーカーを羽織りながら走って来て、そのまま助手席に乗り込んだ。

「脱走？」

智子は思わず半笑いになる。

「スーパーとか、買うものとか、わかんないでしょ。だからついていく」

目線を合わせないまま、愛はパーカーのジッパーを口の上まで引き上げ、ズルズルと腰を下に落とし腕を組んだ。あまり会話は望まない、という表れか照れ隠しだろう。話したくなければ話さなければいい。智子は自分から進んで話をするタイプではないし、沈黙を苦と思わない性格だ。

ただ、愛はそうではないかもしれないので、智子なりに気を遣い、なるべく最近に発売された曲が入った、ジャンルがバラバラのＣＤを小さい音量でかけた。時折愛が「あ、これ知ってる」と言った時は音量を二段階ほど上げた。愛は知っている曲が流れた時は歌った。歌は決してうまい方ではないが、聴いていて不快になるほどでもなかった。

しばらく愛が知らない曲が続いてから、愛は智子の顔をじっと見た。前を見ているが視線の左ギリギリの所で愛が見つめているのがわかる。

「私の顔になんかついてる？」

「智子、さん。何歳？　その二重って整形？」

智子の名前がわかるということは、あの建物は限りなく壁が薄く、密やかに話さない限り会話は丸聞こえということか。別に聞かれて困る話はしていない。それに、顔のことが気になるとは、施設にいようがなんとも十代の女の子らしく、良いことに思える。

「今年で三十一。目、というかどこもいじった事はないよ」

智子の顔は目鼻立ちがくっきりしており、化粧を施さなくとも見劣りしない顔だ。だが、その顔の作りで得をしたことは、白井の件も含み、今のところ無い。

「三十一。見えない。どうしたら二重になれるのかなあ」と愛は独り言のようにつぶやいた。一重である愛の顔は、器量が悪いとも思えないし、良い意味で一重が似合っている。逆に二重になった方がおかしくなるのではないかとも思える。だが本人にとってはコンプレックスだろうし、二重の智子からそう言われても皮肉にしか受け取れないだろう。

「人の皮膚っていうか身体ってね、癖がつくようになってるの。笑い皺とか、シンクロの選手の鼻が皆尖っていたり。ずっと同じ姿勢で寝ていたら骨が歪んだりね。二重も皺みたいなものだし、ずっと二重の癖つけてたら、二重になっていたってよく聞くし、やってみたら？　そういうの、買ったげるよ」

「そっか。ありがとう」と愛は、心が少し崩れたように初めての笑顔を見せた。思ったとおり、笑顔が映える一重だ。

スーパーに着き、愛が指示する食料を一通りカゴに詰めた後、愛に「欲しい物見てて」と言い、別にオムライスの材料を探しに行った。

買い物や子供たちの機嫌をとるようなことをして、一体何がしたいのだろうと智子は考えた。康男の言ったように、潰すか、委託になるかもしれないのに。ただ、興味があるだけでしかないのに。そもそもなぜ興味があるのだろうか。富美に対してだろうか。いくら考えても答えは出ない。とりあえずは流れに身を任せ、自分のしたいようにしてみようと、オムライスの最後の材料である鶏肉をカゴに入れ、愛を探した。

愛は予想どおり化粧品コーナーにしゃがみこんで商品を物色していた。隣に腰を下げる。

「いっぱいあってわかんない。これ、高いやつでもいい？」

それは千二百円ほどのシールか紐かわからない物だった。値段を気にするところが子供らしくて可愛いらしい。智子は何も言わずにカゴを差し出し、同じものをもう一つ取りカゴに入れた。愛は後ろで不思議そうにしている。

「今度はいつ来れるかわからないから。他の人、買ってくれないかもしれないし」

愛からの返事はなかった。もしかして傷つけてしまっただろうか。持ち上げて、落とし込むような事をしてしまったのだろうか。

車に買い物袋を押し込み、「内緒ね」と、二重になると謳っている商品を別に、愛に渡す。愛は悪いことをしてしまったかのように、慎重に頷いた。こんな子が一体何をして、施設に入ることになったのか。智子は早く富美の部屋に戻りたくて仕方がなかった。そして内側から鍵をかけ、富美のソファーに座り、ひっそりと子供たちのことを詳しく知りたかった。

施設に着く前に愛が「智子さん、おばちゃんの後に来てくれないの？　だから来たんじゃないの？」と聞いた。当然の疑問だろう。

「わかんないな。ここがどんな所かも、富美さんが何をしてたのかも、君たちのことも気にはなるんだけど。今後のことはわからない。少なくともここの権利は、息子さんにあるだろうし」

なるべく、正直であるようにと言葉を慎重に選んだ。そうだ、息子の信に今後どうすることにするのか聞かなければならない、と思った矢先に信から電話が入った。車を路肩に止め、愛に聞こえないように外に出てから通話ボタンを押す。

「智ちゃん、葬式ありがとうね。あの、母が何か施設みたいなやつ、してたじゃない？聞いたかな？」

智子は「うん、今向かってる」と答えて、信の対応を促した。

「それは助かる、本当にありがとう。食事とかあるだろうし、でも俺、すぐ東京戻らなくちゃいけなくて。智ちゃん、もし時間があるなら少しだけ世話しててくれないかな？もちろんその分と智ちゃんの動いてくれた分のお金は払うし、こっちでも早急に処分する手続きとか調べるから。内容とかもよく知らないんだよね。母は俺に相談とか、話する人じゃなかったから」

やはり、処分という方向に行くのか。ますます会話は聞かせられない。富美が亡くなって、もちろん考えただろうが、自分たちが今後どうなるのかわからない、という話はかなりの不安感を与えるだろう。

「そういうの、詳しい人に相談したいから、書類とかＦＡＸで送ってもらうと思う。こんなこと頼める人、智ちゃんくらいしかいなくて。ごめんね」と、信は本当に申し訳なさそうに謝った。

「当面は大丈夫だと思う。何かあったら連絡するよ。信君、気落とさないでね」

最後の言葉に信は泣いたようだった。鼻を啜る音と共に、「智ちゃんありがとう。また」と、かすれ声で電話が切れた。一人息子という存在は、母の急死に悲しむ暇すら与えられないのかと哀れに思う。

車に戻ると愛はパーカーの袖をいじっていた。手持ち無沙汰という感じだ。しかし愛なりに、施設に関する電話だったと感じているようで下を向き黙っていた。

「なんか、しばらく泊まることになっちゃった」と言うと、愛は「本当？　じゃあ色々教えてあげる」と嬉しそうに上から物を言った。

「たとえば、トイレの場所とか？」

「それくらいわかるでしょ。えっとね、畑とか？」

「わかんないよ。畑のほうがわかる」と言うと愛は声を上げて笑った。

施設に着くともう辺りは暗くなっていた。田舎の山の上の星は眩しいくらいに個々を主張している。ショーの上で、少ない時間しか輝けない舞台俳優のように。

「早く帰ってご飯作ろう。お腹空いたー。恵美、きっと怒ってるよ」と愛が施設に向かって走る。そう言うのならばこの大量の食料が入った袋を一つでも持ってくれればいいのだが。

恵美はとても短気な性格なのだろうな、と袋を運びながら思う。そうじゃなければ母親を……智子は瞬間少し怖くなった。そうだ。何を談笑していたのだろう。この子たちはみな、問題を抱えるが故、ここにいることになっているというのに。いや、もしかしたらそうじゃないかもしれない。そうじゃない子もここにいるかもしれない。と自分に言い聞かせているが、そうじゃない、とは何なのだろう。恵美に関しては、母親を殺そうとするだけの理由があったのかもしれない。わからない。伯母はわかっていたのだろうか。

「智子さん、早くー」と入り口で愛が叫んだ。

〈四〉 代打の役目

夕食を作っている間、愛は隣でじっと智子の動きを観察していた（後に愛は炊飯係でも食料の管理係でもなく、度々冷蔵庫を覗き見るほどの食いしん坊だとわかった）。料理に興味があるのだろうな、と思い、一品ずつ説明していく。

「塩胡椒がいらないって思う料理でもね、はじめに塩胡椒をすりこむとか本に書いてあるでしょ？　それは下味ってあるけど味付けのためだけじゃなくて、味にパンチを出すためなの」

「パンチ？」と愛はストレートパンチを空に切る。

「そうそう、パンチ。あとは、酒、これはお肉を調理する前に柔らかくするため」

「ふむふむ」と頷く。

「煮物は、熱で繊維が破壊されて、冷める段階で繊維が戻っていくから味が染み込んでいくのね。だから、火が通ったら、一回冷ますの」

智子は箸で芋を刺し、熱の通りを確認し、火を止めた。

「それは知ってる」

ニヤリと笑い、隣で勝ったかのような顔をしている。

「さすが。常識だけどね」

その様子を恵美は調理室の入り口で不快そうに見ていた。

一時間ほどで四品が出来上がった。もちろん主役はオムライスだ。それに煮物、副菜、スープという、和と洋が混合したよくわからない品揃えになった。子供たちが食堂に集まってくる。ルイ、愛、恵美。それに短髪で顎髭を生やした、少年に見えない大柄な男の子と、腰まであろう茶髪を雑に束ねたアジア系ハーフの女の子。

「俺、翔太っす。一応、十六です」と短髪の男の子は照れくさそうに笑った。自分でも老け顔なのがわかっているのだろう。笑うと前が見えていないのではないかと思うほど目が細い。

「あ、私、リサです。とりあえずよろしく」とアジア系ハーフの女の子は頭を軽く下げた。将来モデルにでもなれるのではないかというくらいの、妖艶な美人だ。まばたきが異様にゆっくりで、この瞳は大抵の男を撃ち落とせるだろう。

「代打の笠置智子です。事情があって少しの間お世話することになりました。よろしく」と、智子も簡易的な自己紹介（代打というのは智子なりに考えたジョークだった。誰一人笑わなかったが、ジョークとも思われてないのは救いだった）をし、夕食を食べた。

恵美は相変わらずだが、愛は懐《なつ》き、智子のことをあれこれと聞いてきた。どの質問も初めて会った人から繰り返し（彼はいるのか、好きなアーティストは、何のスキンケアを使っているのかなど）聞かれてきたことで、特に変わったものはなかった。恵美は黙ってオムライスを平らげた後、「おばちゃんのやつがいちばんおいしい」と言い、部屋に戻って行った。

後片付けを終え、車から数日分の荷物が入ったバッグを部屋に運び入れる。バッグの中から死んだ母の写真と小さな音楽プレーヤーとヘッドフォン、万年筆とメモ帳を取り出し、机に並べる。智子はたとえ一泊の旅行でも、卓上にこれらの物がないと落ち着かない。ヘッドフォンはなくてもいいが、今回は身内の遠逝による帰省だったので防音用にと用意した。音楽は聴かなくとも、メモは取らずとも、母の写真を見ずとも、とにかくこれらが目の前になくては落ち着かないのだ。

それらを定位置に置き、堅苦しい椅子を隅に避けた。居心地の良いソファーを机の前に配置する。なるほど、この心地が良いソファーに、この机は背が高すぎる。諦めてソファーを元にあった場所に戻す。窓を開けソファーに腰を降ろし、星々を眺めた。

涼しい空気は微かな湿気を含んでおり、夜のうちか明日には雨が降るかもしれない。べタつくことのない、肌に吸い込まれるような粒子の細かい湿気。暑くも寒くもないこの季節のこの風がいちばん好きだ。

そうだ、子供たちの資料を確認しなければと、智子は机の抽斗から数枚資料を取り出し再びソファーに腰掛けた。愛の資料に貼り付けられた写真は、今よりもかなり太り、浮腫《むく》んでいた。痩せて（とはいえ、標準より少し太めではあるが）美に興味を持つ。良いことではないか。入所理由は「薬物依存、自傷行為」。もしかしたら、薬太りかもしれないな、と思う。恵美よりはインパクトはない。恵美が最大のインパクトであることを祈る。詳細には、父親が失踪、母親が自殺後、義理の父親に暴行を受ける、などが書いてあった。一応、退所時の身元引受人は義理の父になってはいるが、引き受けには来ないだろう。愛が異様に懐く理由は母の愛に飢えているためか。だがそれは、対象は違えど依存という「病気」だ。智子はふと、ここの運営が気になった。抽斗を開けていき、それらしい資料を見つけた。

ここは完全民間事業であり、預けた子供の関係者から月々一律五万円ほどが送金されてくる。儲けはほとんどないか、赤字だろう。ノートパソコンをバッグから取り出し、他の類似の施設を調べてみると、入居時二百万、月々十五万など、決して安くない額が出てきた。だがそれは、我が子にそれだけを払っても短期で更生してほしいと願い、体裁を気にし、我が子を想う親が出すものであり、比べるとここは少し異色のようだ。五万でも高いと思う親近者もいるかもしれない。積極的に更生をする施設とは違い、子を月五万で捨てるようなものだ。施設の東にある畑も、更生のためだけではなく、切実な、生きる糧なのか。

ではなぜ、民間ではない施設に預けないのだろうか。そこならば「保護」という形で金はかからない。いくら考えてもわからない事だらけだった。針の穴に糸を通すようなニッチ過ぎる商売だが、少なくとも五人には需要がある。

愛の資料に目を戻す。おおよそ月に一回ペースで、それも決まって合法麻薬に手を出した時に、自傷行為を行っていたようだ。智子にはその気持ちがわかる。自分に傷をつけ、流れる血を見ると、なぜか落ち着くものだ。周りを困惑させたいわけではない（例外もあるだろうが）。それに、酒を飲んだ時など、自分が宙に浮いている状態でそれをすると、もう、死や痛みの恐れなどなくなるのだ。痛みも感じない。落ち着き、そのまま死に向かう。それは言葉では言い表せないほど自然で、満ち足りた時間であった。今では、後のことも（残る跡も）考えるし、自分を抑えられる。だがもし、目が覚めたら跡が残っておらず、部屋も汚れていないという（つまり何もしていない状態の）画期的な物があるのなら、今でも迷わず毎晩自分の流れる血を見たい。

他には、「愛は身体のスキンシップを好む。脚がむくみやすい。たまに脚のマッサージをすること」と書いてあった。智子は妙な寒気に襲われた。これは、誰に伝えているのだろう。富美が、自身に向けた言葉であるのならいいのだが。図ったように、小雨が振り出した。

コンコンとドアが鳴る。ノックをする人間などいない施設でノックをする人間はルイだろうか。急いで資料を元の抽斗に戻す。後付の鍵を外すとそこには恵美が立っていた。なぜか安堵が訪れる。

「どうしたの？　恵美、ちゃん？」と、平静を装い卓上の万年筆をメモ帳の上に載せるという、意図のない行動をとった。相手から見て何かをしていたかのように装う。恵美は黙って部屋のドアを閉めた。

「さっき、ごめん。あのさ、おばちゃん、死んだやん」

「うん」と智子は頷く。やはり、しっかりと確認したかったのだろう。言葉遣いはもうどうでもいい。

「これから、どうすんの？　智子、さんが引き継ぐん？」

「わからない。正直に話したいと思う。でも、これから先は本当にわからない。私はとりあえず、世話をしててって頼まれただけだから」

恵美はその言葉に納得はしていない様子だった。下を向き、金色の部分の髪をいじっている。

「おばちゃんは、どんな人だった？」と、智子は聞いた。伯母はどんな風に子供たちに接し、どんな生涯を歩んだのか。

「優しい、お母さんみたいな人やった。でも、私たちには本当のお母さんはおる。お母さんになろうと、頑張ってる人やった」

どのような流れにしても、こうすると決めたら、徹底的に行う。それは富美の生き方そのもので尊敬もするし、そうありたいと思う。だが儲けもなく、問題を抱えた子供たちに翻弄される日々は、富美に何を与えたのだろう。

「恵美ちゃん、私のことを一過性の、下らない、壁のような人間と思って聞いてね。答えたくなければ答えなくてもいいから」

恵美は斜め下に視線を落とし、頷いた。本当に智子を壁の独り言として捉えるのだろう。それに、何を聞かれるかはわかっているようだった。

「なぜ、お母さんを？」

恵美は眼球を何度か不自然に泳がせた後、正しく智子に戻した。その瞳は真っ直ぐで嘘偽りない、と相手に伝える視線だった。

「あれは、母親やない。あれは、人間やない。あれは、無くなって当然のもんやから」と少し乱しながらも自身で調整しながら言った。恵美の左腕に右手の爪が食い込む。母親である以前に人間である母を「あれ」と呼ぶにはどのような過酷な経緯があったのだろう。子供は、母親よりも「人間」なのかもしれない。

「あれは、嫌や、嫌いや」と恵美は瞳を伏せて、しゃがみこんだ。そして胎内に戻った胎児のように膝を抱えた。恵美の閉じた瞳からは涙が流れ始めていた。智子は聞いてはいけないことで、この子をひどく傷つけたと当たり前の事に気付いた。開ききっている傷に腕を突っ込み、中身を抉り出したのだ。少なくとも自分から話してくる余裕が出るまでは待つべきで、今日来たばかりの智子が聞ける話ではないし、好奇心から急ぎ過ぎた。

智子は罪悪感にかられ、「ごめんね。ありがとう」と抱きしめた。恵美はひどく疲れたらしく、瞳を閉じたままズルズルと横に流れていき、床に頭を打ちそうになる。恵美の頭に手を添え、優しく床に置き、ルイの部屋のドアをノックする。

「はーい。智子さん」と中から声がする。ドアを開けるとルイはこちらを向き、ベッドに胡坐をかいて「ご飯すごく美味しかった」と言った。あの時に取られた煙草は机上に置かれていた。

「ちょっとね、お願い。恵美ちゃん運んで欲しい」

「あー、翔太ー」とルイが叫ぶと、右二つ後ろのドアから翔太が顔を出した。よく見ると筋肉質で頼りがいがありそうだ。ルイは、「僕見てよ。運べると思う?」と自身の両腕を出した。青白く、智子の腕より細い。恵美は翔太の筋肉質な腕によって安全に、自分の部屋に運ばれていった。

部屋のベッドに置かれ、毛布を掛けられた恵美は、智子が去る前に「智子さん。子供を殺すほどいたぶってきた親と、親を殺そうとした子供は、どっちが業が深いんやろなあ」と言った。「それを、考えない方じゃないかな」と答え、静かにドアを閉めた。少なくともあなたではない、と伝えたかった。

富美の部屋に戻ると大きな塊のような疲労感が急に襲ってきた。色々詰め込みすぎた。自業自得だが刺激が強すぎる、と思いながら睡眠薬を一錠飲み、富美の使っていたマットに布団を敷き丸くなった。主が居なくなり、三日ほどが経った布団は、僅かに埃や湿気の臭いを発しており、それが不思議と智子に落ち着きを与えた。

〈五〉施設の実像

「智子さん！　おーい！」という声と共にドアがけたたましく鳴った。煩《うるさ》い。まだ、寝ていたい。何者かが叩いてるというよりも、明らかに蹴っている。諦めることなくドアは激しく鳴り続ける。

まるでドアは智子に煩わしさや不快感を与えるためだけに作られた生き物のようだ。智子は布団を被りドアの機嫌が治まるのを待ったが、結局根負けした。起きてドアを開けるとそこには恵美が腕を組み立っていた。智子の起きたてのだらしない顔を見てため息をついた。

「早く。オバハン丸出しやん。畑いこ」と歩く。つけたまま寝てしまった腕時計に目をやると、まだ朝の六時だった。

「なに？　花でも咲いたの？」

少し不機嫌に尋ねると恵美は振り返り、キレた。

「馬鹿ちゃう？　収穫や！　朝のうちにしてご飯せなあかんやろ！」

智子は「ごめん」と謝り笑った。私よりもしっかりしているではないか。病気を盾にして自由にしてきた自分とは違う。家庭でぬくぬくと守られている子供とも違う。この子達はしっかりと、今目の前にある課題や決め事を行っている。まだ十代の子供なのに、と素直に感服した。

畑には丸々と肥えた南瓜やオクラ、白菜等が生《な》っていた。恵美は手際よく切り取り、それらを編みカゴに入れていく。

「これって、ほうれん草？」と智子は丸い葉束を指差した。

恵美はまた、ため息をついた。

「アホちゃう？　青梗菜《チンゲンサイ》や」

智子は畑に生えている野菜を実際に見るのは初めてであり、逐一感動した。しかし恵美は馬鹿にアホと、口の悪い子だ。だが最初と違いそこに悪意は感じられない。つまりこの憎み口は距離が縮まったということだろう。昨夜の出来事は無駄に彼女を傷つけただけではなかった。

収穫が終わり、恵美はカゴを智子に渡した。

「ほい、コックさん。軽めでよろしく」

「かしこまりました。お客様」と頭を下げ調理室に向かった。

南瓜の味噌汁と青梗菜と卵の中華炒めと白菜の浅漬けを作り終え、食堂に運ぶと、そこにはもう全員が気だるそうに座っていた。愛の瞼にはうっすらと線がついており、二重のテープをしたまま寝たようだ。思ったとおり、似合ってはいない。

テーブルに料理が並ぶと、ちゃんと全員で「いただきます」をする（昨夜、恵美は言わなかったが、手は合わせてから食べていた）。そして食べ終えたら「ご馳走様でした」と言い、各自自分の使った食器を流しまで運び、水に漬ける。当たり前のように思えるが当たり前ではない。

「いただきます」には生命に対しての敬意が感じられるし、「ご馳走様でした」には作った者に対しての感謝がある。些細であり、気付かなかったが、ここは確かに「更生施設」として機能しているのかもしれない。他のスパルタな施設にあるような、無理やり勉学や運動をさせたり、夜は脱走しないよう施錠する施設とは違い、緩やかではあるが確実に、更生が成されている。表面でしか見れず、否定ばかりしていた。子供たちを眺めながら、心の中で「伯母さん、ごめんね」と謝った。

部屋に戻り、施設名義の通帳を確認すると、金はほとんど動いておらず、高級ではない新車が二台ほどは買える額が貯まっていた。他の書類にも一通り目を通し、信に電話をかけた。

「信君、ここ、施設ね、ちゃんと経営みたいにされてて、赤字ではないみたい」

「へえ、意外だな。てっきり母さんの道楽で赤字とばっかり思ってた。智ちゃんは大丈夫？　子供はやっぱり不良なの？」

「不良の定義はわかんないけど、いい子だよ。きちんとしてる」

「智ちゃん、もしかして、そこ気に入った？」

信が電話の向こうで含みのある笑い顔をしているのが伝わる。気に入ったかといえばそうかもしれない。刺激的であることは確かだし、子供たちのことも、もっと知りたいとは思う。

「うーん、そうかも。もうちょっとだけ、様子見てもいいかな？」

「もちろん。母が勝手にしていたことだし。俺としては面倒な手続きが遅れるだけありがたい」

「それでここの運営費のことなんだけど、多分ほとんどかからなくて、信君に面倒がかかることはないと思う。伯母さんの、施設名義の通帳にお金があってさ」

「智ちゃん。俺、智ちゃん信用してるし、金のこととか確認しなくても大丈夫だよ。実を言うと、母さんは俺にちゃんと遺産を残してた。そんなに多くの額ではないけれど。俺、智ちゃんに払わなきゃいけないくらいだしね」

「うん。それも大丈夫。そのかわり、しばらく勝手にやらせてもらうね」

信は笑って、「よろしく、母さん代理」と言って電話は切れた。智子は精神病院を退院してからのリハビリも兼ねて、ここで少し暮らしてみようと決めた。少し、というのは智子の気分次第のようで、子供たちにとっては酷かもしれない。だが子供たちは見る限り、この生活が気に入っているようだし、少しでも長くそのまま過ごさせてあげたい。それは良いことなのか悪いことなのかはわからない。

携帯電話を机に置き、窓の外を見ると、ルイと翔太が木の棒を持ち、剣道の真似事をしていた。

「小さきものは素早い！　胴！」と華麗に翔太のわき腹に棒を叩きつけた。

「効かぬ！」翔太はルイの頭に棒を軽く突く。

「ちょっと待って。それ、反則」と突かれた額を押さえ笑い転げている。智子はそれを眺めながら、やはりしばらくはそのままでいいのかもしれない、と思った。だが続けるにはそれなりの責任も伴う。それは富美がやろうとしてきた事かもしれないし、まだ考えていなかった事かもしれない。だが、親の代わりに子供たちが恥ずかしくない状態で世間に送り出す。それが本来あるべき「施設」の形なのではないか。

パラパラと子供の書類をめくる。愛の年齢は十五歳。翔太とリサは十六。恵美は十八。ルイは……。ルイの書類が無い。抽斗や書類ケースを探す。やはりルイの書類だけが無い。紛失したのであろうか。富美の性格上あまり考えられないことだが。

次に施設名義の通帳をもう一度確認する。何故気付かなかったのだろう。ルイの親類と思われる人物からの入金がない。ただ、三年前のいちばん最初のページに「シライ　ルイ」から五百万が入金されていた。「シライ」。智子は眩暈《めまい》に襲われた。自然と後ろにあるソファーに倒れこむように腰を降ろす。

ただの偶然だ。長期を見越しての入金かもしれない。だが何故ルイの書類だけがないのだろう。これに関しては、早いうちに確認しておきたい。だが思うように頭が働かない。

ドアがガンッと音を立てる。心臓が恐ろしい速さで動き、苦しい。

「おーい！　智子さんー！」

恵美の声だ。またもや安堵が訪れた。智子は内鍵を解きドアを開ける。

「ねえ、ノックって知ってる？　蹴るんじゃなくてさ」

「あ、バレてた？」と恵美は笑った。なんと無邪気で悪意のない子だろう。打ち解け、理解すればすべて許せてしまう子だ。

「で？　昼ご飯？」と腕時計に目をやる。時刻は十一時過ぎだ。そろそろ作り始める時間だろう。

「わかってるねー、コックさん。よろしゅー」と恵美は片手をひらひらさせどこかへ行った。朝から昼にかけては暇がないものなんだな、世の母親は大変だ、と思う。

調理室に行くと愛がシンクに腰を載せて待っていた。

「料理、好きなの？」

腕時計を外して手を洗う。

「うん、楽しくて美味しくて魔法みたいだもん」と愛は足をパタパタさせてからピョンと飛び降りた。

「魔法かぁ、そうだね。憶えてて損はしないしね」

また一品ずつ説明しながら昼食を作りあげると、古い掛け時計から十二時の鐘が鳴り、驚いた。

「音、鳴るんだ。この時計」

「気付かなかった？　昼十二時と夕方六時に鳴るの。鳩は出ないけど」

時計の横を見ると、所々薄れてはいるが「……等小学校創…記念」と書いてある。やはりここは元学校だったようだ。

鐘の音は集合の合図のようで、子供たちが集まる。美味しいと言われ、皆で家族のように囲む食事はいいものだ。信は東京で仕事をしているし、旦那を追い出した後、しばし独りで暮らした富美が施設を立ち上げたのも頷ける。いくら料理が美味くとも、自分だけのために作り、独りで食べる料理は味気無いものだ。それは家から出なくなった智子自身も実感できる。

元々この山は、富美の旦那の親が持っていたもので、旦那の親が亡くなり、離婚する時に取り上げたのだと聞いた。取り上げたと言っても、価値はほぼなく、利用できるとすればこのような施設か、ゴルフ場やスキー場等だろう。もちろんそれを展開する資金もかなりのものだろうし、企業から話がこなければ不可能に近く、施設が妥当だと思える。

さすが十代と思える速さで大皿の料理が無くなっていく。だがリサはほとんど口にしていないことに気付いた。よく見るとリサの身体は不自然なほど細い。朝は、昨夜は食べていただろうか。

「ご馳走様でした」が終わり、皿を水に漬けたあと、リサはすぐに、使われていない二階に走っていった。そういえば朝もそうだった気がする。

「愛ちゃん、リサちゃんさ、二階で何してるの?」

「えっとーリサ、いつも二階のトイレで吐いてる。拒食症?ってやつ。食べたらすぐ吐いちゃうの。身体に吸収されるのが嫌なんだって。太りたくないのかな?」

「そっかあ。瘦せすぎなのになぁ」

作った物を吐かれるのは、捨てられたり、食べてもらえないと同じくらいに寂しい。

「智子さんもじゃん。ガリガリ」と言われ、智子は自分の身体を見た。確かにまだ少し瘦せ気味かもしれないが、決してガリガリではない。愛が少し太めだから、と言うのは控えておいた。

部屋に戻り、リサの書類を見る。リサは無口で、愛や恵美のように個性が強すぎないために、まだ確認していなかった。父親は日本人で、母親はフィリピン人。両親の歳の差は四十ほど。リサを産んだ直後に母親は一人で帰国している。よくありそうな話だが、母親は何故一人で帰国したのだろう。言い方は悪いが、子供さえ手元にいれば、離婚したとしても、父親から金を取り続けられる。離婚は成立していないままだ。ただ、実家に顔を出してくると言い、そのまま帰ってこなくなったようだ。

勝手な想像だが、日本人よりも外国人の方が家族愛が強く思える。リサの母親にとって、リサは家族ではなかったのだろうか。身元引受人は父親になっているし、入金も父親からなされている。だが、もう八十近い年齢だ。引き受ける、というよりもリサが成人して「解放」されるという方が正しいのかもしれない。

入所理由は「～の理由で、片親での育児が厳しい為」とあるが、次のページには「母親失踪後に父親から性的暴行を受け、拒食症になった」と書かれている。理由を聞いた本人からも隠れるように、小さな文字で。吐き気がするほど不快な話だ。美人なのに不自然なほど痩せる理由は、父親から逃れる術だったのだろうか。父親が諦め、施設に手放した今、拒食症を治す方法はあるのだろうか。リサは父親だけではなく、誰からも「女」として見られたくないように、自らを醜くしている。

智子は、天井に顔を上げ深く息を吐いた。富美はどうにかリサの心を少しだけ溶かし、「それ」を知り、どうするつもりだったのだろう。それともリサが自分から「それ」を話すだけで、意味はあったのだろうか。

智子はバッグから薬のケースを取り出した。睡眠薬の残りがもう少なくなっている。鬱病の症状のほとんどは完治したのだが、不眠だけは未だ智子に残っている。だが当初と違い、眠気が全く訪れないのではなく、眠くて仕方ないのに何時間目を閉じていても眠れないのだ。眠気が来ないならば起きていればいいだけの話だが、眠くても眠れないというのは、かなり苦しい。眠気で身体は動かず、意識は途切れることはない。横になっているだけで疲労困憊してしまう。

睡眠薬が途切れる前に病院に行かなければ、そしてその時に医師に「拒食症」について聞いてみようと思った。症状や、原因、治療法は人それぞれだろうが、何か収穫はあるかもしれない。無知でいるよりは遥かにいいはずだ。

明日か明後日かには、と、外を見ると智子が借りたレンタカーが停まっている。すっかり忘れていた。月初で家賃も振り込まなければならない。理由は揃いすぎている。バッグの中をベッドの上に出し、空にしてから、調理室に向かう。急いで温めたらすぐに食べれるように夕食を作った。なぜか「ここは長く留守にしてはいけない」と感じる。子供たちが心配、という理由だけではない。それはなにか、船が波に連れ出されないように繋がれた碇のような、強い使命感だった。

歩いている愛を捕まえる。そしてルイの部屋に行き「ここにしばらく住む準備しなきゃならなくて、なるべく早めに戻るから」と説明した。愛は寂しそうな顔をしたが、ルイは笑って「行ってらっしゃい。智子さん」と言った。行ってらっしゃい。その言葉は、もう智子はここの住人であることを意味していた。「他の子にも伝えててね」と告げ、施設を出て車に乗り込む。

バックミラーに子供たちが映る。まだ何も知らない恵美や翔太、リサも外に出ていた。ルイは窓からこちらを見て軽く手を振っている。ルイ以外、皆表情が硬く強張り、無表情を無理やりに貼り付けたような不気味な表情をしていた。「また、捨てられた」とでも告げるように。

〈六〉智子の部屋

山を降り、レンタカーを返しに向かった。店員は傷の確認を行う際に、足回りのひどい泥跳ねに怪訝《けげん》そうな顔をした。まさか借り物の車で一山越えてくるとは思わないだろう。その後実家に寄り、康男におおまかな説明をすると「あまり余計なことをすんな」と、理由はわからないが機嫌をかなり損ねたようで、目も合わさずに机を大きく叩いた。康男は自分が怒っていると表現したい時には何かを叩いたり、蹴ったりして大きな音を出す。

内気であった母は、いつもその音に怯えていた。だが智子は母ではないし、怯えたりはしない。寧ろ、そのような方法で怒りを表現する父を軽蔑している。智子もいつになく感情的になった。

「あんたには関係ない。私の問題や。あんたみたいな人間が、子ぉから話されただけでも感謝しぃ」

康男は大きくため息をつき、「お前は嫌なところまで姉さんにそっくりや。早う出て行け」と言い、決して友好的ではない別れをした。

智子は駅まで走り、三分後に発車するギリギリの特急列車に乗り込んだ。以前、「実家に帰るのは伯母さんの葬式か、父さんの葬式がある時やろうな」と弟に話したことがあった。次に康男とまた顔を合わせるのは、不慮の事態でも起きない限り、おそらく康男自身の葬式でだろう。

平日だったため席がガラガラに空いており、隣に人が座ることもなく、ゆったりと過ごす。そのせいか、軽く目を閉じていると、病気になって以来、初めて薬を飲まずに眠ることができた。といっても、時間にしては十分程度かもしれない。駅と駅の間に短い夢を見た。

――富美とルイが二人で施設の前に立っている。智子が近寄っていくと、富美が笑顔で「おかえり」と言った。智子は何の疑問も抱かずに「ただいま」と言い、施設に入り、富美の部屋ではなく、「智子の部屋」に入っていく。その部屋は一様に他の部屋と変わらず、机の上には音楽プレーヤーと万年筆、メモ帳が置いてある。母の写真はない。――

どこかの駅を通過した音が聞こえ、目をゆっくり開けると、智子の家の近隣駅の前の駅だった。荷物をまとめ、膝に掛けてあるトレンチコートを畳み、腕に持つ。切符を確認し、ドアの前まで歩いた。

駅に着きホームに降り立つと、時刻は十七時過ぎだった。もう振込みも明日だな、と帰路に着く。場所が違うと空気も違う。微かに排気ガスの臭いや、どこかの風呂を焚く匂い。

車の走る音や、騒音ともとれる人の笑い声。やはり田舎の方が空気や環境は良いが、智子に落ち着きを与えるのはこちらの方だった。それらを全身で感じながら家に着いた。

急がなければ、という思いは段々と薄れていく。いつも座っているソファーに腰を降ろし、パソコンを起動し音楽を聴いた。しばし我が家を堪能した後、シャワーではなく湯を溜め、風呂に浸かり、天井にくゆる湯気を眺めながら、施設の子たちに、電話番号を教えてから出るべきだったな、と考える。そもそも、あの子たちは携帯電話を持っているのだろうか。触っているところを見たことがない。無ければ施設を卒業する時に買い与えてもいい。社会に出れば今の時代、不可欠な必需品だ。少なくとも施設に電話はひいてあるだろう。廊下に古い掛け型の公衆電話のような電話機があった。電話ができなければ、保護者とも連絡が取れない。

タオルで頭を拭きながら缶ビールの栓を開ける。今日くらいは飲んでもいいだろう、と疲労感と安らぎが智子に言う。智子が寝る手段は、酒か睡眠薬しかない。両方はもちろん禁制だし、しばらく酒は飲まなかった。

持って帰った空のバッグに衣類や当面の生活用品を詰めてゆく。何も決めずに行動するのは初めてだ。荷物をまとめ終えると、テレビを観たり、パソコンをいじりながら独りの夜を楽しんだ。しばらくは独りになれないだろう。相手が子供たちであることと、富美の部屋があるために過ごせたが、本来独りでいるのが楽な智子にとって、その夜は貴重な時間だ。少し酒が回ってきたので、ベッドに身体を倒し、明日のスケジュールを考える。

明日は朝、二か月分の家賃を振込み、大家にしばらく留守にすることを告げ、病院に向かう。医師から薬をもらい、拒食症の説明を聞き、車を整備し、そのまま車で施設に戻る。葬式の時も車で帰れば良かったのだが、高速道路はどうも苦手で、かといって、田舎の下道は長く、一本道ばかりで休憩もままならず、ガソリンの心配もある。

前回帰省した時には真冬で、次のパーキングエリアでガソリンを入れようと思った矢先に、高速道路が途中で通行止めになり降ろされ、ガソリンスタンドも無く、どこかの一本道の山頂でガス欠し、遭難に近い目にあった。結局その夜はたまたま幸運にも、長丁場を終えて帰ろうとする、通りかかりのタクシーに乗せてもらい（ほぼ凍結していたので、それでも危険な目にはあったが）、四万円ほどを払い帰ったのだ。

そのせいもあり、次回は絶対に列車で帰ろうと決めていた。だが、今は凍結の心配もないし、山で暮らすならば車は必須だろう。頭の中でスケジュールを組み立て終わると、そのまま意識は朦朧と彷徨《さまよ》い、心地良く消えていった。

自然と目が覚める。まだ少し酒が残っている感覚がある。当然だが酒と薬では、寝る前の心地良さは酒の方が良いのだが、起床時は薬の方がとても良い。両方の良さを併せ持った薬でも開発されればいいが、良くない使われ方や副作用などで実現しないだろう。早く治ればいいだけの話だ。

携帯電話を見ると固定電話からの着信が一件入っていた。知らない番号だが、大分県からだ。施設の子たちは智子の電話番号を知らない。何か、帰省した時に電話番号を記入しただろうか。レンタカー屋くらいしか思い浮かばない。傷もなく、追加料金もなかったが、見過ごした傷か忘れ物でもあったのかもしれない。後でかけ直そう。今日の夕方には大分にいるのだから、心配はない。それよりも、時刻が昼前だったので急いで顔を洗い出かける準備をした。

外に出ると快晴で少し暑いくらいだった。陽が眩しい。智子は生まれつき目が弱く、日光が苦手だ。陽が照っているとそれだけで苛々《いらいら》してしまう。後部座席からサングラスを取り、すぐに掛ける。サングラスは今、ファッション感覚で夜でさえ掛ける者も多いが、本来は日光を遮断し目を保護するための物だ。他人がどう使おうが構わないが、目の弱い智子には、夜にサングラスを掛けている者を見ると黒く渦巻くような胡散臭さを感じる。

銀行に行き振込みを終え、大家に電話をかけ、「旅行に行くので」と二か月分家賃を振り込んだことを伝えた。ちゃんと伝えておかなければ、また警察を呼ばれてしまっては参ってしまう。智子の部屋の大家は老夫婦で、独りで暮らす智子に大変気遣ってくれる。少し心配性だが、そうでなければ、前に智子は発見されることなく、栄養失調か何かでそのまま死んでいただろう。

次に病院に向かった。行きつけの病院は、メンタル・クリニックのような、話をよく聞き、相手にリラクゼーション効果を与えたり、吐き出すことで快方に向かわせるような、根本的精神治療をする病院と違い、堅苦しい「精神病院」だ。病状を聞き、薬を出す。その薬が合わなければ、別の薬を出す。合う、とは副作用や効果だが、人それぞれで、実際智子も四、五回は薬と、その組み合わせを変えた。副作用が少なく、効果が確認されれば、表面的な（鬱病ならば、不眠、疲労、食欲減退又は増進など）症状が治まるまで薬を出す。実際に訪れている患者の多くは認知症や自律神経を患った患者が多いようだ。若い患者は見た事がない。

待ち時間と診療時間が短く、予約がいらない、というのは、智子に合っている。一度、メンタル・クリニックにも行ってみたのだが、小鳥のさえずりの入った優しい音楽が院内に静かに流れ、そんな音楽では到底間に合わない者たちが頭を抱え、時には涙を流し嗚咽《おえつ》し、救いを求め、何時間も診療を待っていた。そして、ようやく一本の糸を掴むように診察室に入ると、見るからに何もかもを受け入れてくれそうな、仏のような顔をした医者が一から百まですべての話を聞いてくれるのだ。最後には手を握り、「一緒にゆっくり治していきましょう」と声をかけてもらい、次の予約を入れ、処方してもらった薬を持って帰る。とても目的に合った、心の病を抱える人間が求める病院だとは思うのだが、行くだけで疲れてしまうし、智子にとって必要なのは、手を握り、何時間も話を聞いてくれる医者でも、小鳥のさえずりが入った静かな音楽を流す病院でもなく、病状を抑えてくれる薬だけだ。「一緒に」治す意味もわからないし、話を聞いてもらいたいわけでもない。医者も本音を言えば聞きたくないだろう。悩むそれぞれの人の体験をすべてし、克服し、理解しているならば話は別だが。

智子の担当医は深野といい、少し変わっている。変わっているというか、とても精神科医に向いているとは思えない。まず、質問に対し明確な答えをもらったことは今まで一度もないし、病気のことはあまり考えていないように感じる。まだ眠れないと言えば「副作用」と答え、食欲がないと言えば「眠れる薬で改善されるはず」と答える。初めは「運動をし、物を食べ、リラックスすれば眠りがくる」「昼間運動をすれば十三時間後に眠気がくるはず」と言われ、それができる人間はまずここに座って相談をしていない、と思ったが言えずにいた。正直当初は病院を変えようとも思ったが、それも疲れるのでそのまま通っているうちに、すぐに薬を処方してもらえるなら楽なところが良いという結論に至った。

入院や通院を経て、よく知ると、深野は度が過ぎるほどに生真面目で、照れ屋が故の無口で、悪い人間ではない。一度、何故精神科に進むことになったのか聞いたことがあった。どう見ても精神科に向いていない彼がそこにいるのか気になったのだ。

「医学部時代の友人は、初めから精神科と決めていて、その彼に影響されたんです。それに、実習の時はとても楽しく感じたんです、けどね」と笑い頭を掻いた。最後の言葉は「実際やってみると想像と違った」と言っているようなもので、それを意図せずに伝えてしまう不器用な深野は、やはり精神科医に向いていない。

そのような彼に拒食症のことを聞いても、どうなのだろうとも思ったのだが、他に聞く相手はいないし、向いていないとはいえ医者は医者だ。軽く昨夜にインターネットで調べたのだが、ダイエットの延長など、リサのケースからは外れているように思う。

診療室に入るといつものように深野が椅子に腰掛け、これまでの生活を聞き、薬を処方するデータを提示した。自分の用事はこれで終わりだ。智子は話を切り出した。

「先生、拒食症のことは詳しいですか？」

「笠置さん、また食べれなくなりましたか？」

「いえ。知人がなんですが。ダイエットの延長とかではなくて、たとえば、特定の男性から逃れるためとか、不特定の異性から見られないようにするような過程で、結果としての拒食症、という感じですかね」

智子もなんと表現していいかわからない。一から説明すると長すぎる。深野は頭を掻きながら間を置いた。

「ほとんどの場合、若い女性のダイエットの延長だと、思います。でも、そうですね。そのような場合は……うーん。やはりきちんとお薬で治療されるように伝えた方がいいと思います」

ここまでは予想通りの返事だが、深野は続けた。

「鬱病になる方も、拒食症になる方も、決まって、私が知る範囲ではですけど、皆さん真面目なんです。あの、白か黒かしかない、というか……。中間に、何か、置いてあげるといいかもしれません。参考にはならなかったかもしれませんが……すみません」と深野は頭を下げた。

その言葉は意外で、とても参考に足るものだった。智子は礼を言い、薬をもらい車に乗り込んだ。中間に何か置いてあげる。白か黒かの者に灰色を認めさせる。それは今は何かはわからないが、深く考えてみる価値はある。

そのまま、今朝残っていた固定電話からの着信に折り返しの電話をした。何度かコールが鳴った後、ガチャリと音が鳴る。

「……智子さん？」

その声の主はルイだった。何故番号がわかったのだろう。

「どうしたの？　よく番号わかったね」

「富美さんのとこにあったから。何してるの？」

その声は、いつもの軽い印象のルイではなく、暗く、重みのあるものだった。

「ごめん、今用事終わったから向かおうとしてるところ」

まだ車の整備が終わっていないのだが嘘をついた。

「愛が、暴れて、倒れて病院に行った。なんか、薬飲んだみたいでさ」

智子はとっさに富美の部屋の鍵をかけ忘れたんだ、と思った。バッグを空にした時に薬のケースも一緒に置いてきたはずだ。寒気が背中を襲う。

「ごめん、すぐに戻る。急ぐから」と言って電話を切り、ガソリンだけを満タンにし、高速道路にそのまま乗った。

富美の部屋には子供たちの資料も入っている。それはおそらく子供たちに見せてはいけないものだ。愛は、他の子はそれを見たのだろうか。何故鍵をかけなかったのだろう。鳥肌と寒気が全身に回り、離れない。急げば一時間弱、十六時過ぎには着くだろうと、ただ走ることに専念し、休憩も取らずに走った。

予想を下回り一時間ほどで施設に着いた。何キロ超過していたのかもわからない。ジャリジャリと音を立て敷地に入ると、子供たちが出てきて、その奥から愛が走ってきた。

「智子さんー、おかえりー！　寂しかったー！」と抱きついてくる。

ルイはニヤニヤとこちらを見ている。智子は愛を引き剥がし、しゃがみ、愛の肩を掴み顔を見た。

「薬、飲んだの？　身体はなんともない？」

「うん。なんか、間違っちゃって。智子さんの部屋、開いてて、お菓子かと思ってー」と愛は笑う。

薬を飲み、病院に搬送されて、こんな短時間で帰れるだろうか。今朝早くに飲んだとすれば、可能かもしれない。薬を、お菓子と間違えるだろうか。つい、疑ってしまう。なぜならルイが笑っているからだ。

「だめだよ、もう部屋に勝手に入っちゃ。おばちゃんの物も色々置いてあるからさ」と言い、愛を抱きしめた。愛はとても病院帰りとは思えないほど元気に笑った。

子供たちは皆一様に笑顔で智子の帰りを喜んだ。翔太やリサでさえ、笑っていた。出かける前とは雲泥の差だ。必要とされるのは心地が良いものだが、何かが影を見せている。とにかく無事で良かった。智子の不注意で、子供たちに何かあるようなことは絶対にならない。これからはしっかりとしなければ、と思いながら富美の部屋のドアを開ける。ドアの建付けはやはり甘く、だが、何かが引っかかり開かない。ジーンズの臀部の形に手を添わせ、ゆっくりとポケットに手を入れると鍵が入っていた。鍵を差し込むとガチャリと音を立て、ドアが開いた。

鍵は閉まっていたのだ。部屋に入っても、智子が出たときと変わらなく、バッグの中身はベッドにひっくり返したままで、書類も抽斗に収まっていた。出て行く前に座った方向のままのソファーがこちらを向いている。薬のケースを取り出すと、中身はやはり、そのままの状態だった。訳がわからない。ソファーに座り、煙草を一本吸った。もしかしたら、子供たちの悪戯に遭ったのかもしれない。そう思うと合点がいく。愛は「智子さんの部屋」と言った。もうここは富美の部屋ではないのか。煙草を適当な皿に押し潰し、時計を見ると夕飯を作る時間になっていた。とにかく、目の前にあることを片付けてから考えようと調理室に向かった。

調理室には愛とリサが二人でなにやらヒソヒソと話をしていて、智子に気付くと話を中断して寄ってくる。リサは愛の後ろで小さく「あたしにも、教えてほしい」と言った。自分で作った物なら、作る大変さもわかるし吐かないかもしれない。それに、リサが何かに興味を持ったことは小さなことかもしれないが、智子には大きな一歩に見えた。

「もちろん。何作ろっか。材料これ」と冷蔵庫と野菜を保管してある棚を開いて見せた。リサは材料を眺め、不思議そうな顔をする。材料が切られたり、煮られたり、焼かれたりしてどのような変貌を遂げるのか、出来上がりの料理と繋がらないのかもしれない。

愛は「お肉食べたいー！」と叫んでいるが、それは無視をした。「リサちゃんが食べたいやつ、作ろう」と言うと、リサはしばらく考えた後、「春巻き、食べたい」とつぶやいた。愛が智子の後ろにきて、こそっと「おばちゃんがよく作ってくれてたの。おばちゃん流フィリピン料理」と教えてくれた。

「おばちゃんのと違うかもしれないけどいいかな？」

智子の知っている春巻きは完全に自己流で、外国風の料理とは言えないと思う。リサは「うん」と笑った。瞳を薄め、少し口角が上がっただけだが、初めてリサの笑顔を見た。どこかの宗教で崇められてもおかしくない綺麗な顔だ。つい見とれてしまい、我に返った。

「よし、じゃあ中身作ろう。愛ちゃん肉切って。好きでしょ？」

愛は「食べるのが好きなのー」とむくれながらも包丁を手に持つ。

「リサちゃんは一緒に野菜切ろう。まず筍ね」と野菜の切り方を横で教えながら、ボウルに材料を入れていく。味付けは言葉で教えながら、智子は手を出さなかった。味見をさせながら、「どう？　良さそう？」と確認した。リサは「わかんない、けど、多分いいと思う」と何度も味見をし、首をかしげていた。

智子の母は料理をほとんどした事がなく、智子には教えてくれる人がいなかった。母は天然の味覚音痴だったため、幼い頃から結構な恥をかかされてきた。幼稚園のお弁当の日に、ドキドキしながら弁当箱を開けると、白いご飯の上にバナナとマヨネーズがかかっていた。小学校の時は、またも白いご飯の上に芋の天ぷらが一枚載っており、横に梅干が一つ。そしてやはりマヨネーズがかけられていた。母にとってマヨネーズは料理が美味しくなる魔法の調味料だったのかもしれない。

恥をかきながら、成長につれ独学で料理を勉強し、ようやく食べた人からは「外食より美味しい」と言われるまでになったが、自分と同じように、教えてもらうことのできない環境にいる子から教えてと言われれば、何もかも教えてあげたくなる。初めて味噌汁が作れた時の感動は未だに智子に残っている。

「味噌汁」という名前は、味噌の汁、というのは理解できるのだが、当時は味噌汁に味噌が入ることとさえわからなかった。富美から古い料埋本をもらい、それを見ながら必死に毎日料理を作ったものだ。本を見ても大匙、小匙はスプーンの事だと思っていたし、米は白い汁が出なくなるまで洗い、米粒がすべて砕けた事もあった。だが、人から「美味しい」と言われ始めてからは、楽しくなり、めきめきと上達した。まさに「好きこそものの上手なれ」で、興味を持つことが上達の第一歩だ。

　春巻きと、味噌汁、卵焼き、ほうれん草のお浸し、という春巻き以外は初心者に優しいメニューの夕食が完成した。ルイと翔太と恵美が「お腹空いたー」と食堂に集まってくる。リサは心持ち緊張していた。初めての料理で、それが他人の口に入るわけだから当然だろう。「いただきます」と全員で言い、最初に春巻きに手を出したのは翔太だった。リサは食べずに様子を窺った。半分齧《かじ》り、「これ、智子さん失敗したでしょ？」と言った。ルイがリサの顔色を見て気付き、翔太のわき腹を殴った。リサは瞳に涙を溜め、「美味しくない、なら、食べないで」と言った。

　しばし沈黙が流れた後、翔太がピクッと動き「これ！　美味い！　ちょっと塩辛いけど、俺好き！」と急にもりもり食べだした。なんと鈍く、不器用で余計なことを素直に言ってしまう子だ。全くハラハラさせられる。しかしリサも春巻きを齧り「本当だ、ちょっと辛い」と言って笑った。多めに白飯を炊いておいて良かった。味噌汁は味が薄く、卵焼きは少し焦げ、お浸しは浸され過ぎて浮いていたが、皆あれこれと言いながら平らげた。

その日リサは食べた後に二階に走らなかった。吐き癖がついているのか、少し気分が悪そうだったが、「明日も教えて。上手くなりたい」と言いながら洗い物を手伝ってくれた。「初めてなのにすごいよ。上出来」と、智子は自身の失敗談を話すとリサは驚きながらも嬉しそうにした。

深野医師の言葉が頭を過《よぎ》る。「中間に、何か、置いてあげるといいかもしれません」。リサが失敗するということはグレーゾーンに入っただろうか。何にせよ吐かないに越したことはないし、リサは笑った。智子から見て結果は満点だ。

片付けが終わり、富美の部屋に戻る。不思議とこの部屋に入ると張り詰めた糸が急に緩むように疲労感が押し寄せる。リラックスできる、といえばそうかもしれない。ソファーに座り、頭を任せ、天井を眺める。そういえば、この建物の上はどうなっているのだろう。主に過ごすのは一階だけだし、気にした事がなかった。リサが二階に走っているのを見て、初めて上の階の存在に気付いたほどだ。

元々学校ならば、机や椅子が置いてあるのかもしれない。外観や、上に上がる階段を見たところ、施設に改築したのは一階だけのようだ。費用もかかるし、人数も少ないので一階で足りる。電気も水道も通っているだろうし、もしかしたら屋上にも上がれるかもしれないと、智子は煙草を持ち階段を上がった。

二階は予想通りに教室そのままに、掃除をする時のような形に、一階の椅子や机が詰め込まれていた。埃っぽく、探検する気は起きない。三階に上がると、階段がそのまま繋がっており、屋上のドアが見えた。ドアの鍵はついておらず、ノブを回すと重いドアが開く。屋上の柵にはルイが腰を掛け夜空を眺めていた。ルイはそのまま落ちてしまうのではないかと思うほど不安定にフラフラしている。昔の、背の低い建物の三階なので、落ちても運が良ければ骨折ほどで済みそうだが。

「危ないよ。落ちちゃうよ」と智子は柵に向かって歩きながら煙草に火をつけた。

「でも自由だよ。ここから落ちても、落ちなくても」とルイは背後の智子に驚くことなく答えた。

「落ちたら、痛いよ。多分」

ルイは笑って「そうだね、多分」と両手を広げた。

智子はルイの手を掴んで捻《ひね》り上げた。

「痛い、です。智子さん」と唸る。

「多分これより、痛い」

ルイは腕をすっと抜き、柵から降り智子の横に並んだ。

「そういえば、ルイ君の書類がないんよ。知らない？」
「知ってる。初めからないよ。僕のこと知りたいの？　エッチ」
「子供に興味はないね。ただ、なんでかなって思っただけ」
「今日は教えてあげない」とルイは屋上から出て行った。夜空は少し曇っていて、星は見えなかった。星が見えないから教えてくれなかったのだろうか。おそらくルイはそういう子だ。

少し肌寒い。もうすぐ冬がくる。山の上の冬は、思っている以上に寒いだろうが、思っている以上に星が綺麗なはずだ。智子は初めて冬がくるのが待ち遠しい、と思った。

部屋に戻る前に三階も少し見たが、元々は体育館のようで、ストーブ、こたつなど暖房器具が部屋の分だけ用意されていた。こたつ布団の色や柄はバラバラで、圧縮袋に入れられ、マジックで各々が大きく名前を書いていた。一つだけ、知らない名前が書かれた圧縮袋があった。前の入所者だろうか。本格的に寒くなる前にこれらを一階に移動させなければならない。皆でやればそれほど骨は折れないだろう。それに翔太が頑張ってくれそうだ。

翔太といえば、どことなくリサに好意を寄せているように見える。リサにはまだそこまでの余裕は無さそうだが。愛はトム・クルーズが好きだと言っていた。多分その恋は叶わないだろう。

彼らは当たり前に恋愛をする年齢だ。恵美やルイは誰かに恋をしているのだろうか。傷付くことを知らない、丸く淡い純粋な恋。智子にはそれが眩しくてたまらない。戻れないことを知っているからこそ眩しく見えるのだ。

富美の部屋に戻り、翔太の書類に目を通す。翔太は四年前に暴行事件を起こし、相手の子を殺している。だが、殺意はなく、喧嘩の延長で、故意ではなく、院での態度も良かったため三年で出所。三年というのは素人から見て短すぎるように感じるが、翔太が直接相手の死因に関わっていないことや、相手から先に暴行を加えられ、翔太自身も骨折など怪我を負っていることなどが理由に挙げられている。

ならばどうして家に連れ帰らないのだろう。住所を見ると東京の高級住宅地として有名な土地になっている。気軽に行き来できない距離だ。世間体というものだろうか。この子たちは何をもってここから出るのであろう。恵美に関してはもう十八歳だ。自分の意思で動ける年齢だろう。母親に対する殺人未遂であろうが、情状酌量の余地もあるし、もう罪は償っている。しかし恵美の父親からは入金が毎月されているし、引き受けにくる気配もない。だが確実に毎日、時間が、年月が過ぎていく。

せっかく慣れ始めた施設であるし、寂しいが子供たちが社会に出ることは、いちばん大事だと思う。子供たちの親と話し合う時期が遠からずにくるだろう。その時までに、ここの方針も決めなければいけない。そうでなければここはただの「子捨て山」になってしまう。

　そんな事を考えているうちに、智子はここの施設に腰を据えていることに気がついた。子供たちの将来を真剣に考え、自分の家に戻ることなど頭に無かった。まず、私自身が一体どうしたいのだろう、とわからなくなる。時刻はもう二十三時を回っていた。もう寝なければ、早朝に収穫係の目覚まし時計――恵美が襲ってくる。天気予報では明日は快晴らしい。明日は皆の布団を干そう。そう思いながらソファーでそのまま眠りについた。


五時過ぎに目が覚めた。薬無しで眠れることはいいことだが、どうやら睡眠は浅いらしい。憶えてはいないが長い夢を見ていた。そのうちに治っていくだろう。焦る必要はない。髪をブラシで整え、部屋に備え付けてある洗面台で顔を洗う。歯を丁寧に磨き終え、着替えた後、足音が聞こえたのでドアを開ける。目覚まし時計は目を丸くして「なんや、つまらん。いこ」と言った。

　収穫と朝食が終わり、再び寝ようとする愛から布団を引き剥がし、外の物干し竿に干す。それを見て、他の子たちも自分の布団を部屋から運び出し、干していた。布団を叩くと埃や塵が小さな妖精のように舞った。ルイは「智子さん、布団叩いても意味ないって知ってた？」と言ったが、「目に見えるものしか信じない」と返すと、「はいはい。お好きに」とベンチに座り、つまらなさそうにこちらを見ていた。布団叩きと洗濯を終え、ルイの隣に座る。

「ルイ君、君は何歳なの？」

「智子さんより、十四ほど若いですね」

ルイは流し目でわざと敬語を使った。

「十七歳か。まだまだ未熟者ですね」

「そこらの若者より頭は達者なんですがね」

「そうですか。あ、もう昼ご飯作らなきゃ」と席を立ち、施設を見ると恵美がこっちを見ていた。恵美はもしかしたらルイのことが好きなのかもしれない。年頃の子たちが同じ屋根の下で暮らしているのだから、当然そういう感情も出てくるだろう。なんなら、誰と誰が付き合っている、などの浮いた話がないことの方が驚きだ。子供たちは己の罪から「当たり前にそうあってはいけない」と思い込んでいるのかとも思う。それは時が解決してくれるかもしれないが、あまりにも酷ではないか。

〈七〉 明晰夢

昼食時に愛がハムエッグを食べながら「智子さんって何で結婚してないの？」と聞いてきた。智子から発せられているわけではない緊張の糸が全員に張り詰める。この糸は、「できない人になんということを」といった類の糸だ。思わず吹き出してしまう。

「結婚かぁ。そうだね、そんな歳だもんね。興味がないんよ」と口周りを拭きながら答える。愛は図太さが長所であり、短所でもある。

「えー子供、欲しくないの？　料理上手いし、いいママになりそうなのにー」

口の中のハムエッグを惜しげもなく披露しながらぐいぐいと迫ってくる。

「まず相手でしょ。そこに辿り着くにはものすごい高い山があってね。私にはもう、その山を登る体力がないの。君たちにとっては簡単に登れる低い山だけど。それより口、閉じて食べなさい」

「はーい。お母さんみたーい。あ、じゃあうちらのお母さんだ、智子さん」と、愛は両手で口元を隠し笑った。

「じゃあ、私十三歳とかに恵美ちゃん産んだことになるじゃん。しかもすぐまた年子で双子と年子。せめてお姉さんにして」

「不良のお母さんだ」と恵美がつぶやく。

ルイが我慢できずに吹き出す。

「自分でお姉さんって。智子さんもうアレな年齢だよ？」

「今、世界中の三十代の女性を敵に回したね。今日の晩御飯はルイ君だけ漬物ね」

「虐待施設……ごめんなさい、智子お姉さん」

「よし、肉追加を認めよう」

食べ終わり食堂から皆が出て行き、昼食の片付けを始めると、横にちょんとリサが立った。

「智子さん、好きな人っている？」

リサは本当に小さな声で喋る。富美は聞き取るのが大変だっただろう。

「いたよ、昔は。でも世の中うまいことできてなくてさ」

「どうして、好きになったの？　きっかけとかってあるの？」

リサにとって恋愛というもの自体、未知の世界にあるもののようで、だが興味はあるらしい。

「たとえば……」

智子は洗い物を中断して手を拭き、リサの両手を握り真っ直ぐ目を見た。なんとも白く、折れてしまいそうな細い手だ。

「君は世界でいちばん美しい。君を手に入れることができるなら僕は何でもできる。君を一生守りたい」

リサは長く目を合わせると照れるようで、顔を赤くして下を向いた。

「こんな事を自分が嫌いじゃない、限りなく好きに近い人から熱心に言われたら？」

リサは下を向いたまま、上目に智子を見た。智子が男ならそのまま押し倒してしまいそうだ。

「……嬉しい、と思う。それから好きになっちゃうと、思う」

「でしょ。そんな感じ。しかし、男性の中には時に、嘘という武器を使い獲物を捕まえるハンターもいるのです」

「気をつけなきゃ。見分け方は？」

智子は洗い物を再開する。「まず、さっき言ったようなセリフをまともに言える男は駄目だね」と笑った。

「智子さんハントされたんだ。悪い男に」

リサは嬉しそうに洗い終わった皿を拭く。

「失敗から得るものもある。私が得たものは、男は信用しないという短略的なものだけどね。お手伝いありがとう」と、再び手を拭き、リサの頭を撫でた。リサはまた笑顔を見せた。

リサが笑顔を見せるようになり、本当に嬉しく思う。これからもっと自信を持って、自分の武器を磨き、幸せになってほしい。それにはおそらく、恋愛も必要だろうし、傷つくこともあるだろう。だが、すでに大きな傷を負っているこの子には、なるべく傷つかずに、笑顔で生きていってほしい、と智子は心の中で願った。

その夜は愛の部屋に行き、足をマッサージしてあげた。何か、独りでいると余計なことを思い出したりしてしまいそうだ。愛は「気持ちいいー」と喜んでいたが、手放しで愛情を注ぐ気にもなれず、思いきりツボを押した。「痛い痛い！　ギブ！」という叫び声が施設中に響く。その声を聞いた恵美が部屋から覗きにきて「やっぱり虐待施設や」とニヤニヤしていた。それからしばらくは「虐待施設」という言葉が子供たちの間で流行った。

夜中の三時ごろに目が覚め、屋上に行ってみると、ルイが仰向けで空を見ていた。

「ルイ君。何をしているのかな?」

「マスターベーションです。あと、そろそろ君付けで呼ぶのやめてください」

「マスターベーション中に失礼しました。名前の件、了承しました。変態さん」

ルイの身体を飛び越え柵まで歩く。

「何をもって変態の定義が？　個差もあるし、僕が、屋上で夜空を見ながら恍惚の表情を浮かべることが変態と言うの？」

「うん。今の一言一句間違いなく。それよりルイ、寝ないの？」

前回ルイが屋上にいたのは二十三時ごろだったはずだ。この子はもしかして不眠症なのかもしれない。

「寝るよ、たまには。こうして寝てるときもある。時期が限られるけど。夢で逢いたい人がいる」

「ロマンチストだね。夢でしか逢えないの？」

「うん、ほぼ。智子さんも、逢いたい人いるでしょ」

「今はいないね。いつか、逢いたい人はいるけど」

ルイはゴロンと智子の方を向いた。

「その人はもう夢でしか逢えないと思うよ」

「なんでわかるの？」

智子も柵に腰を預け、ルイと向き合う。

「僕は、智子さん以上に智子さんのことを知ってるから」

「警察に電話しなきゃ。ストーカー予備軍がここにいる」

ルイはそれを無視し、「智子さん、薬一錠ちょうだい」と睡眠薬を強請《ねだ》った。やはり、眠れないのだろうか。

「私の薬って超強力なんだよ。知らないよ。っていうか、そういえば何で私が薬飲んでること知ってたの？　前、電話の時も、部屋は閉まってたのに。あ、電話番号もだ」

「だから、智子さんのことは何でも知ってるって。今日履いてるパンツは赤ですね」

まともに答える気はないようだ。

「残念、グレーです。まあいいや、用量を守って、正しくお使いください」と智子はポケットから薬のケースを取り出し、一錠渡した。

「一錠じゃ用量関係ないでしょ。グレーってババくさいね」

薬を受け取るとルイはまた仰向けに直った。

「クソガキ……じゃあルイお休み。いい夢を」と智子は部屋に戻りソファーに座った。しばらく考えたが、今薬を飲むと昼過ぎまで寝てしまうかもしれない。寝るのは諦め、毛布を持って屋上に戻った。ルイは仰向けの状態のまま静かな寝息を立てている。彼にとって浅く、短い、貴重な眠りだ。邪魔しないようにゆっくりルイに毛布を掛け、また部屋に戻った。空は明るみ始めていた。ルイは智子が去った後に目を開け、毛布を抱きしめ瞳を閉じた。

　智子は長く目を閉じていると、寝ていなくても夢を見ることができる。明晰夢というものに近いと思う。まだ身体に薬が残っているからだろうか。嫌な感じがすれば、目を開けるとリセットできる。そしてまた目を閉じると新たな夢を見る。便利だが、独り遊びのようなものだし、疲れは取れない。夢の中にはある程度決まった建物や、川や家があり、不思議とそれは現実と連結していない。すべて空想上のものだ。

　今日はあの川に釣りに行こう、建物の中を探検してみよう、家の中の戸棚を全部開けてみよう、など、そんな意味もないことだが、結構気に入っている。時に川に大きな伊勢海老がいたり、戸棚の中に大量の哺乳瓶が入っていたり、建物に知らない男性がいて、話をしたり。展開がいつも違い、面白い。怖いと思えば目を開ければいいだけだし、もっと見たいと思えば目を閉じていれば見続けられる。

　その日は家に座っているところから始まった。目の前には康男が座っている。目を開けようか迷ったが、もう少し様子を見ることにした。康男は智子をちらりと見て「出て行け。ここは俺の家や。お前は俺の子じゃねえ」と言った。これは夢だ。好きなことが言える。

「じゃあ私は誰の子なんや。ここは私の家でもあるし、私はあんたが作った子やろ」

康男は夕焼けに染まった外を眺めながらしばらく黙っていたが重い口を開いた。

「お前は、母さんの子でもねえ。最初からお前のことが嫌いやったんや」

智子は思わず目を見開いた。心臓が大きな音を立てて鳴っている。頭皮から首筋に、額から順に汗が流れていく。ただの夢が、「母さんの子でもねえ」と言った。ただの夢が、「最初から嫌いやった」と言った。背中とソファーの間にべったりと汗がつき、気持ちが悪い。

背中をソファーから剥がし、膝を抱える。呼吸をゆっくりと整えていく。着ているシャツを脱ぎ捨て、半裸のままベッドに仰向けになった。目を閉じるのが怖い。いつものように、意味のない夢として捉えることができない。無理やりに天井を見て朝を待った。天井に手を伸ばし、「何か知ってる?」と誰かに囁いた。

同刻、ルイは朝日を浴び、目を開け「やっと朝になったね、智子さん」と微笑んだ。まるで智子が朝を待っているのを見ているかのように。

その日から智子は夢を見なくなった。正しくは、寝る前にしっかり睡眠薬を飲み、熟睡するようにした。もちろん独り遊びの夢も見ようとしなかった。長く目を閉じる時は、薬を飲んでから。そして、あの夢のことは考えずに忘れよう、と決めた。

〈八〉合宿と小さな恋

それから忙しく施設で過ごし、一か月が過ぎた頃だった。智子が外で雑草を抜いていると、恵美が窓で頬杖をつき、ぼんやりと智子の車を見ていた。

「車、好き?」

外から忍んだ智子の言葉に恵美は驚き、わっと声を上げ、身体をビクッとさせた。

「ビックリさせんなやー。うーん、運転って楽しい?」

「ごめんごめん、わざと。楽しいよー」

智子は初めて原動機付き自転車の免許を取った時のことを思い出した。羽が生えたような気分になり、これで日本中どこまでも行けると思った。実際は近場を回るだけだったが、限りなく自由を手に入れたような気持ちになった。自動車の免許を取った時は、それに拍車がかかり、世界を手にした気分にまでなった。しかし運転に慣れていくうちにそれは無くなっていった。それでも未だに運転自体は楽しいし、便利で、車がない生活には戻りたくない。

「いいなあ。免許、欲しいなあ」

恵美は智子の車を眺めながら呟いた。そして智子の顔を真剣に見た。

「なんぼ、かかった？」

「えっと、私の時は通いで三十万ちょいだったかな？　四十万まではいかなかったと思う」

貯めたアルバイト代から断腸の思いで金を払ったのを憶えている。初めて払った大金だった。

「うげー、たっけー。そんなん家買えるわ！」と大声で叫びベッドの上に頭から倒れこんだ。

「家は買えないって。でも合宿ならもっと安かったはずだよ。ちょっと調べてくるね」

智子は部屋のノートパソコンですぐに調べ、恵美の部屋に走って戻った。少し興奮気味だ。

「恵美ちゃん！　驚きの十六万ちょい！　うわー私も合宿にすれば良かったー。しかも早いし。二、三週間で取れるみたい」

恵美は先に智子から聞いた額の半額近い金額に、「ぎゃー！」と声を上げ、「それやったら、オトン出してくれるかも！」と布団に巻きついた。瞳が子犬のようにキラキラと輝いている。

「買い物係に任命できる。ちょっと本気で考えよっか。車ならここの経費で買えるかもだし」

智子は腕を組み何度か頷いた。

「考えるよりまず行動や！」と恵美は電話機まで走っていき、智子は恵美の部屋で帰ってくるのを待った。電話機からは恵美が必死に説得しているのが聞こえる。恵美の父親は事件の後、母親と離婚し、もう別の家庭を持っている。一緒に暮らすことは考えてないが恵美と仲が悪いわけではないようだ。投げ捨てるように乱暴に受話器を置いた恵美が走り、戻ってくる。

「智子ー！　オトン出してくれるって！　施設に振り込むからって！」

その頃の恵美は興奮すると智子を呼び捨てにするようになっていた。出来の悪い妹を持ったようで、悪い気はしない。

「やったじゃん！　いつから行く？　予約しなきゃ」と、智子はノートパソコンを部屋から持ってきて空いている日にちを調べる。繁忙期ではないようで、月の半分以上のカレンダーに空きが表示された。いちばん近い日で明後日だ。

「そりゃ明後日やろ！」

恵美はパソコンに表示されたカレンダーの最初の空きのマスを指で押した。押された画面は滲み、元の色にゆっくり戻っていった。そのまま智子は予約を入れた。

その日の夕食は恵美の免許の話題で持ちきりだった。

「恵美、寂しくて泣いちゃうかもねー」

愛はニヤニヤ笑う。

「愛こそ泣くやろなー。オネショもするやろなー」

恵美は本当に楽しそうだ。

「リサ、どっか行きたいとこ連れてったるよ！　どこがいい？」

リサは微笑み「怖いから、いい」と断った。

ルイは黙っていたが、翔太は「いいなー」と連発していた。男の子が車に興味を強く持つというのは今も昔も変わらないらしい。

恵美は智子に身体を向け、真剣に「留守の間、畑を頼んます」と頭を下げた。

「戻って枯れてたら、智子さんを材料にします」

「もう冬だから。ほとんど枯れてんじゃん」

呆れたように智子が返すと「アホか！　畑の土は冬からや！　毎日耕さんかい！」と一喝した。全く騒がしいが、居なくなると余計に寂しいのだろう。恵美が幼い頃に「便所の百ワット」という、無駄な明るさという意味のあだ名がつけられていたのも頷ける。

あっという間に二日が経ち、早朝に恵美は大きなボストンバッグとキャリーバッグを持ち、施設の前に背を向け仁王立ちをしていた。まるで卒業だ。智子が「五回落ちるとして、戻ってくるのは一か月後だね」と言うと、「アホ……二週間や」と震えた声で答えた。

「行ってきます！」と振り向いた恵美の顔は涙と鼻水でグシャグシャだった。見送った全員が吹き出した。大笑いの別れとなった。

恵美を自動車学校に送る前に、恵美は車の中から施設が見えなくなるまで後ろを見ていた。きっとルイが見送りに来ていなかったことを気にしているんだろう、と思い声をかけずに走った。施設が見えなくなり、しばらくすると恵美は「なんかずっと出て行くみたいやなぁ」と呟いた。

「やっぱり寂しい？」

「ちょっとだけな。でもいい男おるかもしれんしな！」

無理に笑い、窓を開けて智子から顔が見えないようにしていた。

見送りを終え施設に戻り、智子が屋上に上がるとルイがいた。ずっと上から見ていたのかもしれない。

「相変わらず素直じゃないねえ。寂しいの？」

「全然。二週間でしょ。あいつは世間知らずだから修行がてら丁度いいんじゃない？」と柵から向き直り笑う。

「世間に出たことない君も世間知らずじゃないの？」

智子は屋上の真ん中で胡坐をかいた。ルイとの談論は嫌いじゃない。

「生れ落ちた時からそこは世間でしょ。それに経験と知識は同位置に値する。経験で得られるものは挫折や妥協。マイナスを得るのなら僕は経験より知識を選ぶね」

ルイは空を見上げた。

「井の中の蛙を初めて見た。同位置にありながらイコールではないのだよ。そして世間的には保護の手から離れた時に初めて、世間に出たと言う。甘いな小僧」

「智子さんって屁理屈だよね」

「私は理屈っぽいの。屁理屈はルイ」

「そうかもね。でもどっちも世間から嫌われる部類だよ」

ルイは笑いながら屋上から出て行った。智子も空を見上げると、まだ赤子のような弱々しい太陽が顔を覗かせていた。瞳を閉じ、しばらくそのまま淡い陽光に身体を任せた。


やはり一人居ないだけでもぽっかりと穴が開いたような感覚で、さらにそれが煩《うるさ》い恵美となると、自然と皆の口数が減る。智子は間違えて恵美の分のご飯を作ってしまったり、愛は隣に恵美が居ると思い話しかけてしまったりと、恵美の普段の強い存在感を感じさせた。翔太は車への関心が強くなったようで、翌日の智子の買出しに着いて行き、車の雑誌と免許のパンフレットを持って帰った。ルイとリサは変わらずに、黙々と日々を過ごした。この二人は元々独りで、静かな環境にいるのが好きなのだろう。

「こういう時に携帯電話って必要なのかぁ」と愛が、恵美が出て行ってから一週間後に言った。愛の言葉を聞いて智子は後悔した。今の恵美が心配でならない。

「あー、なんか持たせていくんだった。なんか、こう、簡易的なやつでも」

どうにもならない状況から髪の毛をぐしゃぐしゃと掻く。実際は余分に金を持たせていたし、合宿先はホテルで食事の心配もないし、事故なども起こりえないとは思うのだが。

「連絡ないのは、恵美が問題起こしてない証拠」と、リサが智子の背中に手を当てクスクス笑った。ここのところ、リサは急に大人びたように感じる。余裕が出てきたような、以前のように切迫し、生きるのに精一杯な印象は見当たらない。吐かなくなってから少し肉がつき（それでもまだ痩せすぎなくらいだが）穏やかな顔つきになった。寧ろ恵美の留守で切迫しているのは智子の方だった。

毎日「恵美ちゃん大丈夫かなぁ。風邪ひいてないかなぁ。変な奴に絡まれてないかなぁ」と口走っていた。

「あのさ、智子さん。周りから見て変な奴って恵美の方だから。それより最近ずっとご飯の味薄いよ」とルイから呆れられた。確かに、眉毛が無く、髪の下半分が金髪で、関西訛りで男気溢れる恵美は、世間的に「変な奴」かもしれないと、智子は妙に納得した。

それから一週間と二日が経った。前々日に帰ってくると思い、オムライスを二日連続で出し、子供たちからブーイングが起きていた。口数が少ないリサでさえも「オムライスって、たまに食べるから、美味しいんだと思うの」と言った。だがやはり帰ってきたら好物を食べさせてあげたい。これは母心だろうか。


夕方に施設の電話が鳴った。施設の電話が鳴ることは今までに一度もなかった。電話機の音は自己主張の激しい小さな生き物のようで、不安が荒波のように押し寄せる。子供たちも部屋から顔を覗かせて様子を窺っている。保護者からの電話なら何と話せばいいのだろう。恵美に何かあった電話ならどうしたらいいのだろうと、指先まで緊張が走る。智子は受話器を取り、一呼吸置いた。

「もしもし、富美子家ですが」

「智子ー！　受かったでー！」

恵美の大声が耳に響いた。智子は泣き出してしまいそうになった。返せるものなら不安と緊張を返してほしい。恵美は興奮気味に続けた。

「二回落ちた！　オトンからこれで最後って言われて焦ったわー！」

豪快に笑っている。智子は床にへたり込んだ。

「もー……おめでとう。恵美ちゃんの馬鹿」

恵美という名前を聞いて子供たちも安心しニヤニヤとし始めた。

「誰が馬鹿や！　受かったんやから天才やろ！　そんでな、ここどこやろ。迎え来て。智子わかるやろ。早よ来てなー」と言い、電話は一方的に切れた。親の心子知らず、という言葉は知っていたが、まさか未婚の自分に訪れるとは想像もしなかった。

へたり込んだまま受話器を置くと、子供たちが寄ってくる。翔太が腕を差し出し、それに掴まり立った。この子はこういう行為が自然にでき、相手もそれを自然に受け入れられる。翔太は将来、とても良い男になると思う。

「恵美ちゃん、迎えに行ってくるね」と、もうオムライスを作る気力もなく、リサに夕食を頼み外に出る。リサは練習の甲斐あって、基本の料理は一人で作れるようになっていた。飲み込みも早く、智子の渡した料理本を暇さえあれば読んでいる。心配はない。

恵美は免許試験場で待っているだろうと試験場を目指し走った。窓を開けると、訪れたばかりの冬の匂いがシンと音を立て車内に入ってきた。もう十一月だ。あと一か月もすれば雪が降るほど寒くなるかもしれない。恵美が帰って落ち着いたら、冬支度をしなければいけない。山の木々も葉を落とし、震えている。

走っている途中で「受かったら電話をかけてくる」という考えが頭から抜けていたことに気が付いた。何も言わずにこんな山頂目指し歩いて帰ってくるわけがない。かといってタクシーで帰ってくるとも考え辛い。行きも智子の送りなら迎えもそうだろう。なぜか、恵美は免許を取ったらすぐに車に乗り、帰ってくると思い込んでいた。子供たちは私のオムライスの被害者だ、と思うと可笑しくなった。今日の夕飯は何だろう。リサは何を作るのだろうと思いを巡らせ走り、試験場に着いた。

試験場の入り口には恵美と、見るからに気の弱そうな線が細く色白の少年が立っていた。顔や雰囲気が少しルイに似ている。恵美は智子の車に気付くと右手を振った。左手は少年の右手と繋がっている。恵美は左手をぱっと離すと、車の後部座席に荷物を詰め込み、早々と助手席に乗り込んだ。

「えっと、お友達？　かな？　送って行こうか？」

智子は頭がうまく働かないまま窓を開け、一応礼儀として聞いた。

「いえ、親が迎えにくるので。ありがとうございます。恵美ちゃん、またね」

色白の少年は丁寧に頭を下げ、恵美に笑顔を送った。ゆっくり発進していくと恵美は窓を全開にし、「タナー！　またなー！　連絡するわー！」と大声で叫んだ。

試験場を出て、すぐの初めの信号で智子は窓をすべて閉めた。恵美はバッグから出来たての新鮮な青い免許証を出し、智子にジャンッという効果音付きで見せた。免許証の恵美の写真は眉毛が書いてあり、髪をまとめていたので普通の女の子に見えた。こうして見ると、恵美は結構可愛い顔をしている。

「どや、どや」と嬉しそうに免許証を智子の頬に押し付けてくる。

「恵美さん。ちょっと待ちなさい」と冷静に顔に貼り付けられた免許証を取る。恵美も話がくることはわかっていたようで先に話し出した。

「あの子タナっていうねん。田中のタナな。あの、勉強中にちょっと仲良くなってな。タナも二回落ちて、二回落ちたのウチらしかおらんかって……あの、彼氏とかそんなんやないんやけど……」

下を向き内腿に両手を挟みモジモジしている。智子が黙って聞いていると、「お願い！皆には言わんとって！」と拝むように手を叩いた。

「何をですか？　男子と手を繋いでいたことですか？」

恵美は頭をグシャグシャとし、「あーもう！　全部や！」と言った。智子は内心面白がっていたが恵美は必死だ。恵美の謎の後ろめたさが面白い。

「キスはしたのですか？」

前を向いたまま無関心を装った。

「……した」

「AからCまでしたのですか？」

「なんそれ？　英語？」と恵美は不思議そうにした。智子はしまった、と思う。ジェネレーションギャップだ。咳払いをし、再度確認した。

「その、すべて、最後までしたのですか？」

「言うなやぁ。恥ずかしぃー！」と、更に下を向いた。

恵美はどうやら合宿で、よくありがちな恋愛をしてしまったようだ。しかしそうならないために近年は合宿の教習所も気を遣っている。それを掻い潜ってなら、よほど気に入った子なのだろうか。

「でもあれやで、番号とかメルアド教えてーって子、結構おって、恥かいたわー。携帯持ってないって、最初ギャグかと思われてたもん」

恵美は腕を組み思い返している。

「あーそれね、考えてたんだよね。でも施設からのお金使っていいのかなーとかって。どうしようかなあ」

うまく話題を変えられたとは思ったが、それも話さなければならないことだ。保護者からの月々の送金はあくまで「生活費と諸々の雑費、消耗品」という名目だ。あまり金が動いていないとはいえ、恵美一人の携帯電話代にそれを当てていいのか迷う。そうなれば、きっと他の子も欲しがり、月の送金だけでは足りなくなってしまう気がする。それは恵美もわかっているようだった。

「なぁ。車は経費で買えるかもって言ったよな?」

「うん。今動かしてるのは私の車だし、施設名義の車が無い方がおかしいと思うんだよね。でもここ、送迎とかはないけど」

「じゃあウチ、それ乗ってバイト行くわ」

智子は「え?」と目を丸くした。

「バイトして、自分の携帯代稼ぐ」

恵美はそれほどに携帯電話が欲しいらしい。しかし施設から出る、という選択肢ははなっから無いようだ。それは智子も考えていないことだが、何時そうなってもおかしくはない。

恵美は、十八歳で免許を持ち、もう充分に働ける年齢だし、普通は早く施設を出たがるものだと思う。施設に入っている子からすれば、自分の好きな時間に一人で好きなものを食べ、友達と時間を問わず遊べ、仕事を選べ、金を使える。それが自由だと考えるのではないか。やはりここは実家のような異色の施設なのだろう。だが、父親からの「仕送り」のような送金が途絶えたときは恵美はどうするのだろう。それでも働き、ここに住むのであろうか。

「とりあえずわかった。車、明日にでも見に行こう」

智子が承諾すると恵美はキャッキャッと喜んだ。

「セルシオがいい！　黒の！」

「ダメ。白い軽にします。燃費大事」

「ケチやなぁ。これだって燃費悪いやんかー」と頬を膨らませた。確かに智子の車は年代が古い普通車で燃費は悪い。車税も車検代も安いとは言えない。だが気に入って買ったものので、維持費などに特別不満を抱いたことは無かった。すべて込みで気に入った車だからだ。

「施設の車として買うんだから、妥当です。これは私個人の車で維持費も自分で払ってます。欲しい車は働いて買ってください」

恵美は小さい声で「オカンみたいやな。ケチ」と言った。

話をしているうちに施設に着いた。智子は外に出て身体を伸ばした。腰がポキポキと音を立てる。運転は楽しいが長くすると、さすがに疲れる。煙草に火をつけ、車にもたれ掛かった。もう外は暗くなっていて、施設の調理室や子供の部屋の灯りが煌々と点いていた。不思議と自分の家に帰ってきたような温かみと安心感が感じられる。実家に帰った時には感じたことがない、本来実家にあるべき温かさ。ここが富美が作り出した施設だ。智子は初めて、施設に関して富美を尊敬した。

恵美は荷物を持ち施設に走って行った。そして外にいる智子からも聞こえる大声で「ただいまー！」と叫んだ。途端に施設が賑やかになる。屋上を見上げるとルイが智子に手を振っていた。本当に屋上が好きな子だ。「おかえり」と言うとルイは夜空を見た。何かが自然で、何かが懐かしい。何故かはわからないが涙が零《こぼ》れ落ちた。だがルイからは見えないはずだ。気付かれないように元気に「ただいま。ご飯食べよう」と返し施設に入った。

調理室に入ると、リサが出来たての料理を運んでいた。メインはコロッケで、横には小さなオムレツがついていた。小さなオムレツはリサなりの気遣いだろう。料理を運ぶのを手伝い、食堂に行くと、皆が小さなオムレツを見てクスッと笑う。恵美は「えー！　せっかく帰ってきたんにオムライスやないやんけ！」と愚痴をこぼした。笑っていた全員が黙り、冷ややかな視線を送った。リサは悲しげな顔をし、下を向いた。リサには重い荷を持たせてしまったようだ。恵美はルイに「え？　ウチなんかまずい事言った？」と聞いたがルイは「黙ってリサに感謝して食べろ」と返した。

コロッケは予想以上に美味しく出来ていた。リサなりに工夫したようで、クリームコロッケと普通のコロッケの中間、といったところだろうか。崩れるギリギリで揚げており、パサパサ感が全く無かった。味噌汁もきちんと出汁《だし》からとってある。ひと月も経たないうちにこの成長は素晴らしい。素直に感服する。基本を覚え、応用し、練習、工夫と、すぐに智子の料理よりも上手くなるだろう。世間に出た時には、腕が活かせる職について欲しいと思った。

〈九〉二枚の写真

その夜は、愛とリサが恵美の部屋に行き、合宿の色々な話を聞いていた。翔太はあれからずっと部屋で車の雑誌を見ている。ルイは屋上に上がっていく足音が聞こえたままで、降りてきていない。

智子は部屋に入り、資料の確認をしていた。そろそろ二か月が経つ。今後のことも考えなければならない。智子はもうこの施設が気に入っていたし、子供たちも富美の部屋であったこの部屋を「智子さんの部屋」と呼んでいる。ふと、富美が亡くなって直ぐの子供たちのことを考えた。富美の葬式は二日で終わり、すぐに智子は施設に向かった。その時には子供たちは悲しんでいる素振りを見せていなかった。ただ、智子に警戒していただけだ。買い物の途中の事故で亡くなったのだから、警察も子供たちの所に行ったかもしれない。どうだったのだろう。悲しむ暇無く急かされ、捨てられたばかりの子猫のように尖っていたのであろうか。

部屋の奥に置いてある本棚のいちばん上に、写真が二つ立ててある。今まで気付かなかった。一枚は、ルイと富美が並んで、看板の前で撮ったものだった。看板が新しい。施工が終わり、業者か誰かに撮ってもらったものだろう。

ルイは施設が立ち上がり、初めからここにいた、もしくは立ち上がる前から富美と知り合いであった。だとしたら、何故だろう。智子の知る限り、この施設は宣伝等も行っていない。他の子の親は、どうやってここを知ったのだろう。ルイと富美はなぜ知り合ったのだろうか。もしかしたら知り合いの子で、ルイがきっかけで施設を立ち上げることになったのか。いくら考えてもわからない。富美は金に対して特に執着はなく、生きていけるだけあれば良い、という考えの持ち主だった。だからこそ、この格安の施設があるわけだが。

もう一枚の写真を手に取る。まだ若い富美の写真だ。こうして見ると、怖いほどに自分に似ている。髪型が違い、写真がセピア色なだけだ。自分でも思うくらいだから、おそらく他人に見せたら智子の写真と思うだろう。ただ、小さな赤子を抱いている。端には信と思われる少年が無邪気にピースサインをしている。可愛い。日付は智子が産まれた日だ。

智子は瞳を閉じた。記憶はもちろんないが、智子は産まれ、父母から抱かれ、富美からも抱かれ、生まれたことを祝われたのだ。ちゃんと感謝しなければいけない、と思う。

窓を開けると冷たい、乾いた風が吹き込んできた。自分の頭を冷ましてくれているような風だ。いつか、もう少ししたら父に謝り、和解したい。父が死ぬ前に、きちんとお礼が言いたい。できることなら、食事や買い物や旅行なども行っていいのではないか。周りがしていうように、普通に、普通なことを。そんなことを思い、写真を棚に戻し、時間を見るともう十二時を過ぎていた。消灯時間などの決められ事はなく、今も恵美の部屋から笑い声が聞こえている。智子は調理室に行き、缶ビールを一本持ち、恵美の部屋に行ってみた。水を差すように思え、今まで自ら進んで行く事は極力しなかった。ただ、今は富美のことが聞きたい。

恵美の部屋のドアは開いており、隠すことなく恵美が話し、愛とリサが笑っている。開いているドアをノックする。智子の手の缶ビールを見て「わー不良だ！」「ヤンキー寮母さん！」などと笑っている。智子は部屋に入ると胡坐をかき、缶ビールを一気に飲む。その様子は、何か嫌なことがあり、自棄を起こした人間のようだ。

「どしたん、智子さん」と心配して恵美が顔を覗き込む。「ふー」と酒が体内に回っていることを確認し、三人の顔を見た。

「あのさ、聞きたいことがあるの。富美さんのこと」

三人は途端に顔を強張らせる。緊張が走る。

「あ、ごめん、違うの。ただ、どんな生活送ってたのかなって。私、富美さんとあんまり関わってなくって」

智子が笑って解釈すると、少しだけ表情が緩んだ。最初に口を開いたのは愛だった。

「えっと、おばちゃんは優しかったよー。でも、何ていうか、距離、置いてる感じだった」

リサも頷く。

「遠くから、笑って見てるだけ、って感じ」

「そうそう、うちらが好きにやってるんを見とるだけ。でもご飯はめっちゃ美味かった！」

と恵美は目を輝かせた。

「おばちゃん、居なくなって寂しい？」

これを智子はどうしても聞きたかった。

「うーん。すぐ智子さん来てくれたし。おばちゃん、いい人で頑張ってたけど、なんか……」と愛が言葉を詰まらせる。

「ルイとおばちゃんは仲良かったけどなあ。よく二人で喋っとったな」

恵美も考え込んでいる。

「私たちと、ルイ君って、なんかおばちゃんの中で、線引いてて。贔屓《ひいき》とかじゃないんだけど、実の子と、他所の子っていうか……」とリサが言うと、二人が「そうそうそう！」と声を合わせた。

「ルイはいつからここに居るか知ってる？」

三人は顔を見合わせ、「ウチが来たときは、もうおった」「あたしが来たときも」「私が来たときも」と言った。

「翔太はまだ入ってきて浅いからなあ」と恵美は腕を組む。

「元々知り合いなんじゃないの？」

愛は口をへの字に曲げ、上を向いた。三人はもうルイの話に飽きているようだ。

「そっか。ありがと。ちょっと気になっただけ。あんまり夜更かししちゃダメだよ」と智子は恵美の部屋を後にした。

そのまま屋上への階段を上がる。何かが引っかかる。階段は下の段から手が伸び、智子の足を引っ張っているかのように足が重い。調理室に戻り、また缶ビールを取った。調理室の電気を点けないまま、それを飲む。たまには飲みたい日もあるだろうと、五百ミリリットルのビールが六個入ったケースを二ケースほど買って冷蔵庫の隅に置いていた。シンクにもたれると、ひんやりとした金属特有の冷たさが伝わってくる。今日は外気は冷たいが、智子の体温は高く、特に手足が熱いほどで気持ちが良い。女性の周期に関わる体温の上昇だろう。

しばらくすると雨が降り始めた。少し気温も下がり、湿気が身体を包み込む。雨音は滴り落ちる血液のようで、瞳を閉じ聞き澄ます。雨音は耳から脳に響き、心地が良い。ルイはまだ降りてきてはいない。雨もルイの中では情景の一つなのだろうか。

やはり屋上へ行こうと思った。ルイに会いにではなく、雨と、夜空と、暗闇と溶け合いたい。今度は足が軽く、逆に何者かが手を引っ張っているような感覚だった。重たい扉を開けると、雨が屋上の床を弾き、空には半分ほど雲がかかっていた。真ん中にはルイが仰向けに寝ている。瞳は開けているが、雨粒が入ろうと瞬きひとつしない。智子が居ることも気付いていないだろう。この瞳は何を見ているのだろうか。智子はルイを追い越し、少し先に行った。

「また、マスターベーションで？」

「よくご存知で。僕は直接的な刺激を求めずに脳内に刺激を与えることができるのです。その対象も人ではありません」

ルイはまた智子に驚くことなく自然に答える。

「それはマスターベーションというの？」

「性的な意味だけに絞るなら、違うかもしれない。でも僕は今限りなく酔態し、智子さんという邪魔が入ろうとも景色に溶け、興奮している。それに僕は若くして勃起不全です」

「それは失礼。そしてご愁傷様です。そんな嘘つかなくても襲ったりしないよ」

智子はルイから目を外し、外を見た。雨粒が頭皮に当たり、温かい涙のような液体となり顔に流れ落ちる。夜景が輝いている。今までこのように綺麗な夜景を見た事があっただろうか。実際には見たことはあるだろうが、今夜は智子の感性に突き刺さる、今の智子にとっていちばん丁度良い夜景だった。

これ以上見ていたら、泣いてしまう。これ以上見ていたら、戻れなくなってしまうと、正体のわからない不安に襲われる。思わず座り込み、夜空を見た。智子の上から円錐状に雨粒が星と共に降っているように見えた。

「智子さん、泣いてるの？」

ルイは智子を見ずに言った。

「泣いてる気がするだけ。夢でしか逢えない人とは逢えた？」

「まだ、逢えない。今はまだ、時期じゃない。智子さんも」

「ルイは何でも見てるような言い方をするね」

「智子さん、何度も同じこと言わせないでよ。僕は、智子さん以上に智子さんを知っている」

「おばちゃんのことも？」

「もちろん。智子さん以上に」

その言葉はひどく挑発的でいて、ひどく落ち着かせるものだった。富美のことをいちばん知っている少年がここにいる。富美は誰からも、遠かったわけではなかった。

「今日は寝るね。ルイも早く部屋行きな。風邪ひくよ」

ルイからの返事はなかった。まだこの情景に浸っていたいのだろう。智子はすぐに風呂場に行き、灯りを点けずに温かいシャワーを浴びた。智子もまだ少し、余韻に浸っていたかった。そして部屋に戻り、そのまま泥にまみれるように寝た。


智子はその後、家を引き払った。子供たちのことも気になるし、もっと知りたい。もちろん富美のことも知りたい。それにはもっと時間が必要だと思ったし、施設で暮らしながら働く、ということは、智子の性格上合っている気がした。老夫婦の大家はいたく心配していたが、施設のことを話すと、快く送り出してくれた。

子供たちは智子が定住することにパーティを開くほど喜んだ。荷物は元々少なく、箪笥や冷蔵庫などは処分し、後はすべて富美の部屋に収まった。信にそれを話すと、「すべてを智ちゃんに任せる。必要な事があったら何でも言ってくれ」と快諾してくれた。康男には何も伝えなかった。時期を見て話すつもりではあるが、良い顔はしないだろう。

〈十〉新しい入所者

こうして本格的な冬がやってきた。街には雪など降っていないのに、山頂となると積もるほど雪が降る。一車線しかない道路は凍結し、買出しに行くのも大変だ。冬は基本、一か月分ほどの買い物をするらしい。初めてスタッドレスタイヤを車屋で購入し、装着してもらった時には「こっちじゃほとんど必要ありませんよ」と笑われたが、「山頂で暮らすんです」と言うと、妙に深刻な顔をされた。

子供たちは各部屋に自分の炬燵《こたつ》とストーブを置き、部屋からあまり出なくなり、起床時間も一時間ほどずれていった。愛は特にひどく、毎日炬燵から引き摺り出すのに骨が折れる。智子も寒さはかなり苦手で、自身が起きてからストーブの前で一時間は動けない。昔からそれは同じで、それを「解凍時間」と呼んでいる。

恵美は中古の白い軽に乗って朝から牛丼屋のチェーン店にアルバイトに出かける。週に三日ほどだが、初めてのアルバイトは結構楽しいらしい。帰りが少し遅いこともあるが、妙に浮かれて帰ってくるので、おそらくあの少年と逢っているのだろう。外に出るようになり、恵美にいちばんの変化が現れたのは、眉毛を生やし、整えるようになったことだ。

ついに恵美の眉が必要となるときが来たと思うと、実に微笑ましい。

愛は二重が似合っていないことに気付き、二重に執着することをやめた。自身を知ることは良いことだと思う。

ある朝、翔太が庭に出て密やかに何かをしていた。見るからに怪しい行動は逆に目立ち、逃げるように庭から走って部屋に戻っていった。智子は調理室からそれを見て、少し時間を置き庭の様子を見に行くと、庭のいちばん目当たりが良い所の土がこんもりと盛り上がっており、水をかけられたアネモネの若葉が顔を覗かせていた。思わず吹き出してしまう。ルイなら可笑しくは見えないだろうが、不器用で大柄な翔太が隠れて花を育てている。智子はそれは黙っておこうと思った。花が咲くのは見た感じではあと二週間ほどかかるだろう。それをどうするのだろうか。

夕食の支度をしていると、隣でリサが「智子さん、翔太君もハンターかな?」と聞いてきた。智子は花を育てるハンターを知らなかったので、「心優しいハンターの卵かも」と答えた。

「そっか。気をつけなきゃ。でも、優しいんだ」とリサは微笑んだ。翔太のことが気になるのだろうか。

リサが進んで料理をしてくれるようになり、三食の支度がとても楽になった。だが、たまに「智子さんのより美味しい」という声を聞くと悔しくなる。もっと料理がうまくなりたい。その頃にはリサは標準に限りなく近い体型になっていた。健康的な美人で、若く、心優しく、料理がうまい。これでは智子のような普通の人間は、やっていられない。せめて料理だけは、と競うように練習し、施設のいちばんいい所は「ご飯が美味しい」と言われるようになった。結果的に皆が喜んでいるので良いことだろう。

夕食を調理室から食堂に運んでいると、電話機でルイが誰かと話していた。会話の内容はよく聞き取れないが、敬語を使い、親しい人間とは話していないようだ。話しながら、手元のメモ帳に何かを書いている。最後の一品をトレーに載せて運ぶ時にルイは智子に気付き、「はい。ではお待ちしております。失礼致します」と言い、早々と電話を切った。メモを千切り、それを胸ポケットにしまいながら食堂に歩いてくる。

食事が始まり、しばらくするとルイは智子にメモを渡した。

「何これ？」

メモを開くと日付と時間が書いてある。日付は明日で時間は昼の二時だ。

「お客さん」とルイはカレーライスから目を離さずに答えた。

他の子供がざわつきだした。「どんな奴やろー」恵美は笑う。「男がいい」翔太は真顔だ。

「お客さん」ということは、新しい入所者か。「イケメンがいいねー」と愛はリサに言うがリサは「優しい人なら、いいな」と笑っている。

「ちょっと待ってルイ。私、対応とかできないんだけど」

智子は戸惑う。詳細もわからないし、案内もできない。

「僕の隣で頷いてればいいから」と冷静に、食べ終えたカレーライスの皿を水に漬けに行った。全部ルイが説明をするというのか。面倒見の良い仕事の先輩のような口調だ。この施設に定住するに当たって、智子が責任者になっているのだから、このような日も来るのはわかっていたし、子供の親とも話す可能性も当然出てくる。早めのうちにもっと勉強しておけば良かったと後悔した。

後片付けが終わり、すぐにシャワーを浴びた後、部屋に籠り資料の確認をした。これではまるでテスト前の付け焼刃だ。しかし探しても、智子が説明できそうな資料は見付からなかった。焦って物を探した時に限って見付からない。そのような時は大抵、近くにあるのを見逃しているものだ。智子は諦め、屋上へと上がった。

ルイは智子が来るのをわかっていたようで、柵にこちら向きに腰を掛けている。扉が開くと「早かったね」と笑った。

「多分、断るから安心してよ。智子さんの研修みたいなものだから」

研修。これはルイの優しさなのか。

「なんで断るの？」

「母親が怯えてた。公衆電話からかけてきたし」

「公衆電話？」

施設の電話機はかなり古いもので番号通知機能は付いていない。

「走る車の音とかはっきり聞こえた。多分虐待されてる」

家庭内暴力に疲れた母親が助けを求めるように電話をかけてきたのか。しかし断れば、もっとひどいことになりそうなものだが。連れてくるだけでも、きっと大変なことだろう。

「断ってもいいのかなあ？」

智子は爪を噛んで考えた。

「そんな奴がここに入ってくる方が問題でしょ。ここは刑務所でも少年院でもない。智子さん、殴られたいの？　僕らが殴られたり、女の子が襲われても平気なの？　ここはすごく自由で安い。だからこそ選ぶ権利がある」

ルイは両手を柵にかけ、逆上がりのような格好をした。柵の網目から覗く逆さのルイの目が怖い。

「ごめん、そうだね」

素直に謝る。そうだ、ここは厳しい寺でも何でもない。ここに居る子は皆、根が優しい良い子だ。

「まあ、見てみないことにはわからないけどね。とにかく明日は黙っていいから、ちょっとしっかりした格好にしてねー」とルイはそのまくるりと回り、柵の向こうの段に腰掛けた。

「わかった。おやすみ」

智子は手をひらひらさせて答えた。部屋に戻ると明日の服を用意し、薬を飲んだ。緊張の方が勝っているのか、なかなか薬は効かなかった。浅い眠りを繰り返し、金縛りのような状態が続いた。やっと薬が身体から抜けてゆき、朝が訪れた。いつもはトレーナーにジーンズなど動きやすい格好だがルイに言われたとおり、少し綺麗めに、白いYシャツに黒いジャケット、ベージュのサブリナパンツを穿く。

朝食時も話題は新しい入居者の話ばかりだ。ルイは皆に「断る」とは告げずに、質問にだけ答えていた。

「男」「十六歳」「知らない」と返事をしている。あまりにもそっけない態度に、子供たちは「今回もだめかぁ」と諦めたようだった。何度か入所したい子を断っているのを子供たちは見てきたようだ。

昼食時にはもう誰もその話題を口にしなかった。昼が過ぎ、予定より少し早めに、敷地内に白い小型のワゴン車が入ってきた。恵美の部屋から皆で見ていると、小太りの男の子が車内で怒鳴り散らしている。母親の髪を掴み、顔を激しく殴打した。

「あちゃー、殴った。きっしょー」

恵美は眉間に皺を寄せた。

「うわーデブー。キモーい」

愛は自分より太目の人間を見ると必ず「キモい」と言う。翔太は拳を握り締めていた。

智子は言葉を失った。日常的に殴られているのだろう。母親の顔にはいくつもアザがあり、殴られたばかりの鼻からは血がダラダラと流れていた。ルイは後ろから腕を組んで見ている。何かのタイミングを見ているようだ。母親はもう一度殴ろうとする手を押さえ、必死で我が身を守っている。

ルイがパンッと手を鳴らし、智子の手を掴んだ。

「よーし、智子さん行くよっ。あれは大丈夫っぽい」

ルイは何を見てタイミングを計っていたのだろう。引っ張られるままに車に向かった。後ろで「えー、イケメンちゃうしー」「えー、キモいー」などが聞こえてくる。ルイは少し急ぎ足だ。ルイも今日は綺麗めな格好をしている。こうして見ると年齢より上に見える。

外に出て、車に向かう。ルイが車の窓をノックすると、息子は母親を殴りつけようとしていた腕をパッと離し、下を向いた。ドアを開けると母親が息を荒げながら、安堵の表情を浮かべた。

「お待ちしておりました。滝井さんですね。まずはお母様だけ、お話よろしいですか?」と、ルイは胸からハンカチを取り、母親に笑顔で渡した。息子は母親を睨みつけ、拳を血が出るのではないか、というくらい握り締めている。ルイは母親の背中を優しく押し、車から施設に歩かせる際に車のキーを抜き取った。息子が勝手に運転して帰らせないためだろう。

智子も入ったことのない「応接間」と書かれた部屋に通された。その部屋は子供たちの部屋二つ分の広さで、想像通りと言えば通りな、四角いガラステーブルにブラウンの二人掛けのソファーが対になっていた。「どうぞ。おかけください」と促すと、母親はそのままソファーに泣き崩れた。ルイが渡したブルーのハンカチは血と涙と鼻水でグチャグチャになっていた。

「笠置さん、冷たいお茶をお出ししてください」と柔らかな口調で言う。今のルイは別人のように見える。急いで冷たいウーロン茶を入れて持って行った。母親はウーロン茶を飲むと、幾分か落ち着いたようで、「見苦しいところをお見せしてすいません」と謝った。

ルイは少し母親を優しい視線で眺めてから、立ち上がり「申し遅れました。こちら施設長の笠置です。私、役員を務めております、白井と申します」と挨拶をした。母親は「お若いのに……」と驚いたが、ルイの丁寧な挨拶に感心した様でもあった。智子は、施設長だの、役員だのに、母親より驚いていたが、ルイから言われている通りに隣で頷き、会釈をした。

母親はゆっくりと今の状況や、どうしてこうなったのかを話し出した。シングルマザーで一人息子を育て、若い頃には水商売も掛け持ちし、寂しい思いをさせてきた。恋愛などはする暇もなく、将来の子供のために金を貯めた。気がつくと息子は、学校にも行かずに「引き籠り」となり、アニメやアイドルなどに金を使い、金を渡さないと手を上げるようになっていった。もう貯蓄はほとんど底をつき、絶えない怪我からパートなどもすぐクビになる、もうこのままでは息子を殺して自分も死ぬしかない、といった話であった。

すべてを聞いたルイは母親に「失礼ですが、息子さんが月に求めてくる金額はいくらですか？」と聞いた。

「八万から多い時で十万くらいだと思います」

この施設の月々の金額より高い。ルイは瞳を閉じ、しばらく考えている。素振りだけかもしれないが。

「お気を、悪くされないでくださいね」

前置きし続ける。

「先ほど殺して、自分もとおっしゃいましたが、息子さんのことは愛されていますか？」

母親は目を大きく開いて驚いたようだった。だが言葉がうまく出てこないようだ。

「自分も死ぬ、というのは、刑務所に入りたくない、殺人鬼として生きていきたくないだけではないのですか？　それとも、息子さんを産んだ責任として、ですか？」

いくら前置きをしたとしても、気を悪くする質問だろう。もし智子がこの母親なら目の前にいるこの若造を平手打ちして帰ると思うのだが。母親はしばらく黙り、最後の涙をハンカチで拭いた後にルイの目をまっすぐ見た。

「もう、何もありません。立ち直らなければ殺すだけです」

そうきっぱりと言った。ルイはニッコリと笑い、「では」と施設の案内をしながら料金や雑談をして歩いた。自分の部屋を見せ、明らかに他の施設より自由で、厳しい規則もない。ただ、山頂にあるので逃げることはほぼ出来ません、とも説明した。

「最初は、少し厳しくなってしまうかもしれませんが、何分、施設長は女性で、他の入所者も若い女性がいるもので」

「構いません、途中でもしも、逃げ出して、帰ってくるような事があれば私は殺されてしまいます。今だって、戻れば……」と母親は肩を震わせた。智子は母親の肩を抱いた。こんな小さな身体に重荷を背負わせて、暴力を振るう。まさに鬼畜の所業だ。

「では、長期になると思いますので、息子さんの住民票をまずこちらに移していただきます。あと、こちらの書類に簡単な記入とサインをお願いします」と数枚の書類を差し出した。

「こちらの書類は帰られた後でも構いませんので、こちらにＦＡＸしてください」と、富美の部屋で見た、写真や入所理由などの書類が渡された。

「写真はこちらで撮りますので」とルイは絶えず笑顔で説明する。

「連絡も基本的に自由です。ですが拝見した感じですと、最初は控えた方がいいかと思います」

母親は神にすがる様にすべて承諾した。説明が終わるとルイは「児玉さん」と呼んだ。

翔太が顔を出す。翔太の苗字は児玉というのか、と智子は心底自分の情けなさを痛感した。

「息子さんを一号室にお願いします」

翔太は黙って外に出た。

「息子さんの必要であろうと思われる荷物は郵送でお願いします。パソコン等、通信機器は入れないでください」と言いながらわざと裏口に母親を通す。畑を見せながら、ゆっくりと歩く。少し、暴れる音が聞こえたが、すぐに収まった。母親を車まで見送り、車のキーを渡した。

「お願いします。本当に、ありがとうございます」という言葉を礼で返し、車は施設から去って行った。

ルイはふーっと大きく息を吐き、伸びをした。

「お疲れ様。私、施設長なの？」

「そうだよ。僕、役員。一応こんな流れ」と、首を左右に揺らしコキコキと音を鳴らすとすぐに施設に戻って行った。

〈十一〉調教と更生

ルイはいつものように大き目の白いロングTシャツとジーンズに着替えた。智子もトレーナーに着替え、廊下に出る。一号室とはどこなのだろう。おそらくいちばん端だろう。施設の作りは、入ると左に長く、正面すぐ右に階段、正面左に応接間。左外側に子供たちの部屋が三つ続き、右側に子供の部屋が二つ。横に調理室、食堂が隣合わせにある、そしていちばん奥左が現在智子の部屋だ。

入り口右に風呂場とトイレがあり、その奥に二つほど対になった部屋がある。入り口右奥はいつも電気が切られており、夜は真っ暗だ。昼間でも不気味で近寄りがたい。そこは改築していない物置のような場所と思っていた。

階段側の部屋の電気が点いており、何かをぶつけるような音が続いている。ドアを開けようとノブを触ると、「智子さんー、ご飯作る時間ー」とルイが制止した。

「いつも通りの人数でいいからね」

ニヤリと笑う。何事もなかったかのように夕食が終わる。誰も新入りに対して何も言わない。

「ねえ、あの子のご飯は？」

「まだ。僕がするから智子さんは気にしないで。写真もさっき撮ったから」

智子よりルイは何もかも知っているし、これがこの施設のやり方なのかもしれない。余計な口は挟まないことにした。

夜になり、雨が降り出した。大きな音と共に獣のような叫び声が聞こえ、智子は驚いて部屋を飛び出した。叫び声は階段を上がっていく。子供たちは誰も部屋にいない。階段を上がると屋上のドアがゆっくりと閉まる音が響いた。音がしないように静かに屋上のドアを開ける。隙間から覗くと、あの男の子が真ん中で、背中に両手を縛られ正座させられていた。周りに子供たちが座っている。ルイが正面の柵に腰掛けている。リサは、愛の肩にもたれ、ぼんやりとしていた。

「おめーら絶対に訴えてやるからな！」と男の子が叫ぶ。

「恵美も翔太もいいよーん」とルイが言った。

恵美と翔太は男の子に襲い掛かり、見事に顔面を膝や拳で殴打していった。

「痛い？　ねえ痛い？　やめてほしい？」とルイは嬉しそうに聞く。男の子は鼻血を噴き出し、泣き出すとそのまま前につんのめった。

「お母さん痛かっただろうな～。顔アザだらけだったもんね。でもお前、殴られたこともないんだろ？　もうちょっとやっていいよ。智子さん飛び出てくる前に」とルイはドアを見た。ルイとドアの隙間の智子の目が合う。金縛りにあったように智子は座り込んでしまい、ドアを開ける気力もなかった。

男の子は泣きながら「ごめんなさい、やめてください」と繰り返していた。ルイは倒れこんだ男の子の髪を持ち上げ、ボロボロの顔を見てにっこりと笑った。そしてそのまま床に頭を打ち付けた。血が、大量に流れ出した。

智子は泣きながらドアを開けた。

「死んじゃう、もう」

「頭はいっぱい、血が出るから」とリサはぼんやりとしたまますら笑みをもらし答える。翔太は黙って男の子を抱え、屋上を出て行った。歩くたびに揺れる頭からゼリー状のような血の塊が零《こぼ》れ落ちる。恵美は、うんーっと背筋を伸ばし、「あースッキリしたー。明日バイトやから寝るわー」と部屋に戻った。愛もリサも「ねむーい」と部屋に戻って行った。智子はその場で座り込む。

ルイは自分の服についた血を見た。

「汚いなー、もう。あ、智子さんはまだ何もしなくていいからさ。ね」と言い智子の肩を叩いて屋上から出て行った。これが、更生なのか、何かもわからない。特別な規制も無く、自由でいて安い。この施設の、これはなんなのか。雨が零れ落ちた血の塊をゆっくりと流していった。

ひどい疲労が襲ってきた。よろつきながら階段を降りていくと、一号室からルイの声が聞こえた。

「暴れない。叫ばない。逃げ出さない。食事と水が欲しければ従え。もしも守れないなら、次は逃げても殺す」

「殺す」ルイは確かにそう言った。その後、蚊のような小さな声で「はい」と聞こえた。

「いい子でいるなら自由にしてあげるからね〜」と、急に声色を変え、ルイは一号室から出て行った。

智子は階段の陰で、ルイが風呂場に入っていくまで待った。部屋に戻り、救急箱と水と裁縫道具を持って一号室に行った。音がしないように静かにドアを開けると、まだ後ろ手を縛られた男の子がビクッと身体を震わせた。顔中が血まみれで膨れている。一号室はベッドも何も無く、床はコンクリートのままで、トイレと思われる穴が部屋の隅に開いており、留置所のようだった。

男の子は何かを話そうとしたが、智子は口を手で止めた。とりあえず少し水を口に含ませた。綿を濡らし顔の傷を見ると、それほど深くはないようで、血管に少し傷が入った程度のようだ。ルイは手加減したのだろうか。消毒だけして、静かに外に出る。部屋の外には風呂場に行ったはずのルイが立っていた。

「智子さん、やっぱりおばちゃんそっくりだね」と微笑んだ。階段に救急箱等を置き、「ちょっと来て」と、智子はルイの手を引き屋上に連れて行く。ルイは「やだ、拉致されるー」とふざけている。屋上の床はまだ少し血痕が残っていた。血痕を避けるように歩く。いちばん奥に行き、深呼吸をした。

「あれは、なんなの？」

ルイはうーん、と少し考えた。

「調教と更生。あとは、僕の心理学の実験と皆のストレス解消。それにあいつのお母さんの報復。すべてが併合した行為」とルイは自分の指と指を絡ませる。実に簡潔で、正しい事を言っているように感じるが、そこには個人的な感情も入っているし、身動きが取れない状態での集団暴行（暴行を加えたのは二人だが）というのは、やはりおかしいと思う。だが、返す言葉が見付からない。

「智子さん、あの小柄なお母さんはほぼ毎日暴力を受けている。それは目の前で見たでしょ？　手加減無しで。このままそれが続くことは良いこと？　多分、死ぬと思うよ。お母さんも殺すと言っていた。このままだと、どちらかは確実に死んでた」

ルイは柵に乗り、夜空を見上げ前髪を後ろに払った。雨は降り続け、それはシャワーを浴びているようであった。

「動物が小さな頃に遊びながら噛み合う。あれは噛まれる痛みを知るためだと言われている。つまり、加減を知るために。あの豚は、痛みを、加減を知らない。身をもって知る必要がある」

「だから暴力を？　全員に見せ付けながら？」

「そう。たとえば何もせずにここに入り、豚が慣れてきたとしよう。豚はこの中で順位をつけるだろう。こいつよりは強い。こいつよりは偉い、という風に。そうなると自分より下の人間に母親と同じ事をしかねない。だから全員に見せる必要があった」

ふう、と息を吐き眉を下げ、続ける。

「それに、僕は豚が嫌いなんだ。しばらくあいつのご飯は草でいい。極度の飢えを体験させる必要もあるしね。殺しはしないから智子さんは何もしないでって話。ほら、ご飯美味しいし、あいつ尚更太っちゃうし」と智子を見てにっこりと笑う。智子はやはり適切な言葉が見付からなかった。

「おばちゃんそっくりってどういう意味？」

「そのままの通り。行動までも」

「前もこんなことを？」
　誰かが被害にあったのだろうか。
「うん、同じような豚だった。でも、おばちゃんが逃がした。全く優しいんだからー」と
ルイは機嫌が良さそうに言う。
「その後、その子はどうなったの？」
　動悸が止まらない。結果を知るのが怖い。ルイの狂気は確かに誰かに似ている。それは
誰だっただろうか。
「死んだよ。もう少しで山を降りるとこだったかな。トラックに轢かれてグチャグチャ。
僕らの暴行がわからないほどに。でも前もって親に逃げたって連絡入れてたし、勝手に脱
走して、轢かれて死んだって聞いて、何か安心してるようでもあった」
　ルイは人助けを終えたような清々しい表情をした。
「そんなの、おかしい」
　智子にはその言葉しか出てこなかった。
「おかしい？　智子さんは見ているだけで、助けなかった。僕は指示をした。翔太と恵美
は暴行を加えたけど、愛もリサも見ているだけで助けようとはしなかった。その場にいた
全員が共犯者だ」

確かに智子の身体は暴行が終わるまで動かなかった。その時警察に連絡もしなかったし、自分だけが参加していないように思っていたが、智子も共犯者なのかもしれない。

「今智子さんが抱えているのは捻じ曲がった正義感だ。そんなものは何の役にも立たない。智子さんはもう逃げられない。僕に従ってもらう。と言っても今までどおりね」と言うとルイは固まって冷え切った智子の身体を抱き締めた。ルイの身体は智子よりも冷たく、まるで死人のようだった。

翌日からルイは夜に一度だけ、少ない水と食料を持って一号室に入っていった。時折バケツを蹴り上げるような音がしたが、誰も気にはしなかった。母親からは衣類と書類が送られてきた。書類には「滝井和人」「十六歳」「家庭内暴力と引き籠り」と単調と書かれており、そこにルイから渡された、暴行を受ける前の綺麗な顔の写真が貼り付けられた。


和人が入所してから二週間が過ぎ、それまで和人の顔を見ることはなかった。昼食時にルイが思い出したように、「あ、智子さん。一号室の前の部屋、あいつの部屋にするから掃除しよう」と言い出した。調教が終了したのだろうか。

恵美が「イケメンなってたら仲良くしたるわー」と言って笑った。リサは「私も」と言い、それに翔太はひどく動揺した。リサの部屋にはアネモネの花がコップに入れられて飾られている。心優しいかは今となってはわからないが、ハンターからの可愛い贈り物だ。こうして見ると、アネモネの花はリサのイメージにぴったりだと思う。冷たく見えるが優しく、美しい。

暴行があった夜の事は誰もが、智子でさえも忘れていた。罪の意識から、無理に忘れたというべきか。部屋を掃除し、暖房器具等を設置する。知らない名前が書かれた圧縮袋から布団を出す。少し前に資料を確認した。これは前に死亡した入所者が使うはずだった、あるいは使っていた物だ。資料には赤い「出」という判子が押してあった。判は震えるように滲んでおり、押した後にしばらくそのまま力が加えられていたようだった。富美もルイから縛られていたのだろうか。その判には無念や後悔、懺悔が感じ取れた。

いつ部屋に入ってもいい状態になり、時刻は十六時になっていた。

「あいつの夕食、今日からよろしくー。でも軽めで別にしてね」とルイから言われ、まるで修行僧が食べるような、一汁一菜の夕食を別に作った。

夕食時の鐘が鳴り、食堂に皆が集まってくる。ルイが嬉しそうに食堂に入り、後ろには翔太が脇を抱えた和人がいた。

「今日から一緒に生活することになった和人君だよー。皆仲良くしてねー」とルイが紹介する。和人は傷は治っていたが、表情は怯えきっており、頬がこけ、自力で歩くことも難しくなっていた。翔太が乱暴に椅子に落とす。目の前にある食事に目を見開き、手を出そうとする。

「豚。また戻りたいの？」とルイが言うと身体を震わせ、静止した。

「痩せたらちょっと良くなったやんー」と恵美が言うと、愛とリサがクスクスと笑い、「ほんと」と声を合わせた。

智子が「冷める前に食べよう。冷めたら作った私に失礼です」と言うと、全員で「いただきます」をして食べ始めた。和人は決して豪華とは言えない質素な料理を奪うように食べていた。リサが和人に「悪気はないの。いきなり栄養取ったら、人間って死んじゃうかーら」と微笑んだ。和人は見開いたままの目をリサに向け、動きを止めた。そして智子に目を移し「ありがとう、ございます」と礼を言った。見事な「調教」だ。

恵美が「和人、明日から朝五時起きな。畑」と告げ、和人は真顔で「はい」とだけ答えた。当然だが恵美と翔太へは恐怖心があるようだ。ルイに関しては恐怖しかないと思う。

「智子さんのご飯の支度も手伝ってねー」

愛が言う。母親がされていたことを体験させ、母親がしていたことをすべて和人にやらせるようだ。それ自体は確かに更生に繋がっている。あの夜の事が無ければ、素直になっていなかっただろうし、逃げ出していたかもしれない。何が正解なのかは最早わからない。

夕食を食べ終え、和人は壁に手を付けながら、よろよろと一号室に戻ろうとしていた。ルイが「おーい、こっち」と一号室の前にある部屋のドアを開ける。部屋を見た和人は泣きながら「ありがとうございます」と礼を言い、自分の部屋に入っていった。それから物音一つ聞こえなかった。おそらくベッドですぐに寝たのだろう。当たり前のことが当たり前じゃない。それが解っていない者に、まず解らせるのがルイのやり方なのかもしれない。

翌日からも和人は懸命に動いた。便所や風呂の掃除も自ら進んでした。一度、便所の紙が切れたままになっていることで、翔太に蹴られていたが、和人はそれまで、便所の紙は交換するということさえ解っていなかったのだ。永遠に出てくるものではなく、母親が、切れる前に交換していた、という当たり前のことに気付いた和人は日々あらゆることに後悔している様でもあった。

そして、自分に危害を加えず、命令もしないリサに恋をした。暇さえあればリサを見ている。それは翔太の癇に障り、リサを見たり話す暇を与えないように仕事を与え続けた。小さな施設の中での小さな恋。これは起きて当然だろうし、和人は入ったばかりだ。智子もその理不尽さには目を瞑《つぶ》った。

だがルイはたまに、「翔太やらせすぎ。ダメー」と口を挟んでいた。ルイにあまり口答えをしない翔太は和人に「夜に愛のマッサージして」と指令を出した。愛は「いいのー？

やったー！」と大喜びだ。翔太は「智子さんもしないいし、おばちゃんがずっとやってたから、これならいいでしょ？」と言うと、ルイは「性格悪いねお前ー」とニヤついた。リサは首を傾げていた。

その晩から愛のマッサージ係に任命された和人は毎日二時間ほどかけてマッサージを行った。おそらく初めて触れたであろう母親以外の異性の身体だ。和人がリサを目で追う回数も減り、夜を心待ちにしているような時も見て取れる。翔太の思惑通りだ。だが翔太のそういう所が、ルイは好きらしい。あくまで、はめ込まれた時だけ、思い通りになった時だけだが。愛もまんざらでは無いようで、異性にマッサージされるという行為は、愛にとって刺激的であるようだ。

智子は夜、音楽をかけ、パソコンを触りながら赤ワインを飲んでいた。この行為は智子にとって嗜好を尽くしたものであり、もしもこの行為が禁則になったならばこの世から消え去りたいとも思う時間である。

入院期間は酒はもちろん音楽も聴けなかったし、通信機器も没収されていた。消え去りはしないが日々が詰まらなく、欠けていたのは確かだ。智子は早く退院するために、他の入院患者よりも看護師や医師と仲良くなり、まともな事を言おうと努め、食欲が全くなくともご飯を詰め込み、いくら身体がだるくとも精一杯運動をした。それは毎日が緊張しっぱなしであり、辛く苦しい日々だった。

退院できた日は、部屋の掃除もせずに酒を飲み、好きな音楽を大音量で聴き、ベッドで大の字になり、食べたくない食事をとらなかった。だが、習慣というものは身体に染み付き、次の日には病院にいた日と同じような日常に戻った。ただそれに、嗜好が重なっただけで、確実に智子の体調は回復していった。

音楽の音量を下げ、少し考えてみる。どうやって和人の母親はこの施設を知ったのだろう。息子に殺意を抱くまでに追い詰められた母親が、なぜこの施設を選んだのだろう。和人は今も愛の部屋でマッサージをしている。与えられた任務を精一杯こなしている。

ルイの部屋に行ってみるとルイは珍しく部屋に居た。さすがに寒くなってきたからだろう。ルイは細く、寒さにとても弱い。ノックをすると「どうぞ。面接会場はこちらです」と返ってきた。よく考えるとルイの部屋自体まじまじと見た事がなかった。

「失礼します。笠置智子と申します」とお辞儀をし、部屋に入った。片手にはワインを持ったままだ。ルイの部屋には心理学に関する本がぎっしりと並んでいる。

「不合格です」と言われたが無視をして本題に切り出した。

「ねえ、ここの宣伝とかってしてないよね?」

「あー、してないよー。たくさん来られても部屋数少ないし、規則正しくーなんて出来ないし」

ルイは笑顔で時計を指差した。もう時刻は夜の一時を回っていた。普通の施設は夜十時くらいで消灯になるのだろうか。何にせよ、夜中の一時に部屋に酒を持ってくる施設長がいる施設など無いだろう。

「どうやって、子供たちはここへ？　どうやって知ったの？」

「簡単な質問だね。こちらをご覧ください」と言うと、ルイは机の下の段を引っ張り出した。そこにはノートパソコンが居座っている。他の入所者には認められていない通信機器だ。

「ネット社会のこの世の中、インターネットがないと話になりませんからね」

「宣伝はしてないと言ったよね？」

智子は安っぽいホームページを思い浮かべる。それに以前「富美子家」と検索してもこの施設は引っかからなかった。

「ええ。追い詰められた人間は昔、そのまま死に向かっていたんです。誰にも相談せずに。魔が差す、という言葉がありますよね。他殺でも自殺でも、言葉通りに〝魔が差す〟んです。え？　あんな人が？　という風に、自然に」

ルイは椅子からベッドに身体を移し、寝転ぶ。智子は黙って話を聞く。

「今は現実と空想、もしくは死との間に、インターネットがあります。遺書の代わりのようなものと申しましょうか。もう敬語やめてもいい？」とルイはだるそうに言った。智子が頷くと話を続けた。智子も敬語は求めていない。

「追い詰められている人間は、どうせ誰も見ていないんだろう、見ていたとしても匿名だから、とかいう思考の元、ネットに書き込むわけ。〝死にたい〟〝死にます〟〝殺します〟〝心中します〟ってね。すべてがそうじゃないけど、今、ワンクッションっていうのがネットになってんの。それに対する返事やアドバイスを求めている人と、そうじゃない、ただ誰かに見てもらいたかっただけの人。嘘つきの構ってちゃん。三つに分かれる。そうじゃない人は花火大会あるよ、みたいな感じで死んでいく。構ってちゃんは知らないけど」

「つまり、そういう掲示板に、ルイが返事してるってこと？」

「近いね。切羽詰って、でもありきたりなアドバイスなんて求めてない人のスレッドにだけ限定し、レスをする。ただ、月の金額と施設の名前と電話番号だけ。今回は、智子さんの研修みたいなものだったし誰でも良かったんだけどね。断るつもりだったし」とルイは煙草を口に咥《くわ》えた。初日に抜き取ったものだ。

「吸う？　火貸そうか？」

智子はポケットに手を入れライターを探った。

「吸ったら無くなる。無くなればまた欲しくなる。初めての物を忘れて。僕は、そういう欲望には辟易している」

ただ、煙草を口に咥えたり、横にし、葉の香りを楽しみ天井を見ている。

「役員って言ったよね？　あれは何？」

「ここじゃ言わない。ただ、嘘ではない」

「富美さんと元々知り合いだったの？」

「それも言わない。すべては繋がっている。一つの糸を手繰り寄せたらすべての事に。それに智子さん酔っ払ってるんだもん」

ルイは鼻を押さえ、酒臭いというジェスチャーをする。

「酔ってないよ。気分が良いだけ。この酒の香りがわからないとは子供だねえ。ねえ、どこだったら言えるわけ？」

「そんなに知りたいの？　自分の事なのに」

ルイはニヤリと笑う。自分の事。智子自身の事。智子とこの少年は施設で初めて会った。富美とは長く連絡すら取っていなかった。

「ルイはもしかしてあの人の……」と下を向き、小さく言った。

「まだ何も教えてあげない」

ルイは煙草を置き、ベッドで背を向けた。諦め、部屋に戻る。通りかかった愛の部屋からは喘ぎ声のようなものが漏れていた。忠実な飼い犬のようになった和人。命令には何でも従う。それは今や可哀想な事なのか、否か。

〈十二〉パズルの解

それからしばらくが経ち、変わらずに和人は仕事を懸命にこなしていた。智子は和人をよく褒めた。失敗をしても怒ったりはせず、なぜ失敗したのかを説明し、次に成功すればまた褒めた。ルイはそのやり方は温《ぬる》い、と少し不機嫌だったが、褒められた和人はとても喜び、必死に頑張っている。小さな子供に接しているようなものだが、和人は引き籠りから出たばかりで子供と変わらないのではないか。

食事の後の片付けも進んでする。「智子さんは休んでください」と笑顔で。最近になり、和人は笑顔を見せる余裕も出てきたようだ。笑顔で返事をすると、皆の反応が良い、と学習しただけなのかもしれないが。とにかく笑うことは良いことだと思う。そして愛は毎日機嫌が良く、和人に引っ付いて回っている。何と単純なのだろう。だがそういうところも子供らしく感じる。

気がつけば、クリスマスイブ前日になっていた。一応施設なのだから、イベントは行うものだろう、と思いクリスマス用の飾りつけをルイを除く全員で行った。毎年食堂で行っているようで、三階の用具入れに一式が入っていた。ルイはそういうイベントにはあまり興味がないようで、誕生日も誰も知らない。一度聞いたことがあるが、教えてくれなかった。

和人は背が高く、上の方の飾りつけを担当した。女の子たちはツリーに飾りつけ、翔太はテーブルセッティングなどを行った。智子が和人にリースを手渡した時に、智子の携帯電話が鳴った。

「あ、ごめん。電話だ」と言い廊下に出る。出る間際に、椅子に座って退屈そうに見ていたルイが姿勢を前に倒し、智子を凝視したのがわかった。着信は信からだった。様子を聞きたいのか、何かの書類関係か。

「智ちゃん？　久しぶり。どうだい？」

信の声は重い。

「んー楽しくやってるよ。横領とかはしてないからご心配なく」

「智ちゃん、あの、変なこと聞くようだけど、いいかな？」

「ん？　うん。どうしたの？」

「そこに、白井類って子いない？」

智子の心臓が音を立てる。

「……いる。なんで信君わかったの？」

「いや、うん。何から話せばいいかわからない。年末で休みに入ったから、母さんと父さんが前に住んでいた部屋を掃除したり、母さんの戸籍とかも確認していたんだ」

前に富美が住んでいた家は山の下にあり、今は誰も住んでいない。

「そこにルイの名前か何かが？」

誰かが立ち上がる音が部屋の中で聞こえた。

「うん。あの、智ちゃん、智ちゃんのお父さんとお母さんが結婚して、子供がしばらくできなかったっていう話は聞いたことがある？」

母から聞いたことがある。だから智子が産まれて母は大喜びだったと。宝物のように可愛がった、と。

「うん、母さんは身体が弱かったから、子供ができたこと自体が奇跡だって聞いた」

母は長年、多発性硬化症と脳腫瘍を患っていた。二十歳の時に発病し、足に障害も抱えていた。いつ亡くなってもおかしくはない、と言われ続けた中で、関係のない癌で亡くなったのは、やはり亡くなる運命だったのかと悔やまれた。

「その奇跡は、大輝君の方だったんだ」

大輝は智子の弟の名前だ。信は頭を整理しながら、しかし整理しきれないように何度もため息をついた。

「えっと、よくわからない。信君、何が言いたいの？」

智子もわけがわからない話に困惑する。

「俺が生まれて少しして、父さんが事業に失敗して、うちは困窮に陥った。そんな中、予想外に智ちゃんができた。母さんは、智ちゃんのお父さんの家には子供ができないし、智ちゃんのお母さんの身体では妊娠は難しいということを知っていた。どうせ育てられずに手放すなら、と弟の、智ちゃんの家に養子に出した」

「え？　ちょっと待って」

頭が真っ白になる。智子は話しながら早々に屋上に上がっていった。子供たちには困惑する様子を見られたくない。事実、智子は高校の手続きもすべて父が隠すようにし、戸籍を見た事がなかった。

「つまり、智ちゃん、智ちゃんは俺の母さんの子なんだ。智ちゃんは俺の妹にあたる。父さんに確認もした。間違いはない」

あの夜の夢が甦る。「母さんの子でもねえ」「最初から嫌いやった」。そして、最後に言われた「嫌なところまで姉さんにそっくりや」という言葉まで。思い返せば、弟が生まれてから、弟は大変に可愛がられ、父も母にそっくりな弟を溺愛していた。だが、先に生まれた子とは、そういうことも我慢するものだと子供ながらにわかっていたし、母は智子のことも平等に愛してくれた。あの愛は実の子と養子を区別してはいけないというモラルからきたものだったのか。眩暈《めまい》が止まらない。智子は屋上の柵にもたれ、ズルズルと座り込み、手で眉間を押さえる。

「智ちゃん、大丈夫？　でも、今さら実の子でも養子でも、智ちゃんは智ちゃんのお母さんの子だ。俺は、智ちゃんの兄にはなれないし、大輝君は智ちゃんの弟だよ」

信は智子の声色を窺いながら話す。富美の葬式で見た富美の顔が思い出される。あれは、実の母の葬式で、実の母の死に顔だったのだ。

「うん、ありがとう。ルイは、なんなの？」

落ち込むのは後でいい。母もいない今、落ち込む必要もないかもしれない。

「それが、母さんが白井類って子を養子縁組していたみたいなんだ。親の承諾が必要ない十五歳になった、その子の誕生日の翌日に。財産放棄はしてあったみたいで、俺に連絡は来なかった。つまり、書類上ではあるけれど、俺と、智ちゃんと、白井類は兄弟姉妹になっている。目的がわからないんだ。施設に入れるだけならそんな事はしなくてもいい」

富美がルイを養子に。やはり、元々知り合いであった可能性は高い。信は続けた。

「施設を始めたのも、その子が関係していると思うんだ。母さんは独りでいて、寂しいとかそういうことを思う人ではないし、少なくとも自分から施設を立ち上げようなんて、ノウハウも無く思いつく人じゃない。それに、母さんは子供は嫌いな方だから」

「でも、ここでの伯母さんの評判は悪くなかったみたいだよ」

「それはやっていくうちに何か思うところがあったんじゃないかな。決めればとことんする人だし。俺が知っている範囲の母さんは、そうだった」

信は伝えたいことは伝えたようで、一息をついた。

「とにかく、白井類って子、気をつけてて。何に気をつけるかはわからないけど、多分頭は切れる子だと思うから。ごめんね智ちゃん、急にこんな話して」

「ううん、ありがとう。少し様子見てみる。私も今なんかよく飲み込めてなくって」

「じゃあ、また何かあったら連絡するね」と言い信からの電話は切れた。通話が終わる頃には不思議と頭は冴えきっていて、夜空を眺めた。今日は満月だ。いつも星に負けている月が今日ばかりは勝ち誇り輝いている。

なぜ、富美はルイを養子にとったのだろう。ルイはなぜここに居るのだろう。早く食堂に戻らなければ子供たちが心配してしまう。しかし、母の優しい顔が脳裏にフラッシュバックのようにチカチカと点滅し、進んで立ち上がることができない。

智子は心の底から母を愛していたし母もそうだと、普通の人よりも、言葉通り命をかけて産んでくれた、そう思っていた。いつも、母と一緒でなければ寝られなかった。母に対する執着はひどく、母が亡くなった後に二度、自殺未遂を図った。一度目に目が覚めたときには、勉強不足だと思い、確実に死ぬ勉強をし、二度目の自殺未遂で目が覚めたときには、自分は何をやっても死ねないのか、と諦めた。それに、目が覚め、ベッドの横にいる弟が泣いていた。「これ以上、俺の家族を無くさないで」と。母の葬式でも涙を見せなかった弟の涙は、智子に「死」を諦めさせるのに相当した。

弟も母が亡くなった時には智子のように人目も憚らずに泣きたかったし、取り乱したかったに違いないだろう。だが、長男であり、姉が取り乱し、叫び、泣いている。自分はしっかりしなければ、と自分を殺して精神を保ったのだ。智子は自分のことしか考えていなかった。今は弟のためだけでもいい、少し生きてみようと思った。自殺未遂の痕跡は少し長引き、薬物によるものだったために、記憶障害が残った。今では少し物忘れがある、という程度に治まっている。

そのまま食堂には戻らずに部屋に戻った。恵美の買ったばかりの携帯電話から「どした智子、ぐあい悪いカ」と年配者からくるようなメールが届いた。「ちょっとお腹痛い。飾りつけ頼む」と返事をすると、食堂から大声で「智子下痢やってー！」と聞こえた。

本棚に飾ってある写真を再度見直す。伯母と私と従兄。ではなく、母と私。その後ろに、兄。やはり受け入れられない。長く連絡も取っていなかったし、親戚と言えど、限りなく他人に近い。もう一つの写真を取り出す。ルイと伯母。ではなく、母と書類上の弟。何のために、そうする必要があったのだろう。

その日は、禁則ではあるが酒を十分に呑み、睡眠薬を飲んで寝た。そうすれば誰からも邪魔はされない。眠りは深海のように深く蒼い。死に近く、手を伸ばせば死に触れられる淵を泳ぐ。微かに見るはずもない夢を見る。

――母が駅で立っている。智子は母の元へ走って行き、母に抱きつく。大人の智子は母に触れた瞬間からゆっくりと子供に戻る。そして、手を繋ぎ、共に上空へ昇っていく。ふいに智子にだけ重力が押し寄せ、母と繋いだ手が離れ、智子だけ下に落ちていく。――

目が覚め、時計に目をやるともう昼過ぎだった。頭が痛い。調理室に行き、片付けをしていたリサと和人に謝る。

「ごめん、なんか具合悪くて」

智子の青い顔を見た二人は驚き、「全然、もうちょっと休んでて」「僕、夕食もやりますから」と智子を部屋に追いやった。

夕方までベッドに横になり、窓の外を眺めた。雪が降り始め、もうこの辺りは化粧を施したようにうっすらと積もり始めている。夕方に、和人が夕食を部屋に持ってきた。病人と思ったのか、それは和人が初めて作った精進料理のような、病院食のようなものだった。

和人は食べ終わるまで部屋に居て、じっと智子を見ていた。

「智子さん、美味しいですか？　何かできることはないですか？」と頻繁に聞いてきた。

おそらく和人は根底に人の役に立てる喜びが存在することに気付いたのだろう。

「和人君、君は何で外に出なくなったの？」

今の和人なら他人事のように話せそうな気がした。

「そうですね……。外は辛くて、思い通りにならなくて、でも家では自分が王様になったような気がしてたんです。すべて母親がやってくれて、好きなことだけして。実際に母親は何でも言うことを聞きました。聞かないときには暴力を振るうと、言うことを聞きました。そんな環境に慣れていたんです。まさか自分がこうなるとは思いませんでした。殴られるって痛いんですね」と一気に言うと和人は頬を押さえる仕草をし、笑った。

和人が引き籠りになったのは、一概に本人だけの責任でも、母親だけの責任でもない。その二人共にある責任だ。母親の決断は正しかった。ここを選んだことは正しいのかはわからないが。下を向き、和人はボソボソと続けた。

「それに、よく考えたら俺、褒められたことがなかったんです。ここに来て初めて思ったんですけど。褒められるのは嬉しいことで、もっと頑張ろうと思えます」

結局被害者は誰だったのか。彼もまた、被害者ではないのか。

「そっか。これからお母さんに楽させてあげれるように頑張ろう。トイレットペーパーは永遠に出てくる妖怪じゃないし」と言うと、和人は頭を掻いて笑った。そして時計を見てあっと声をあげた。

「愛さんのマッサージ行ってきます。食器、そのままでいいですから」と言い、和人は愛の部屋へ行った。時刻は二十三時過ぎだ。もうすぐクリスマスになる。食事を終え、リサと翔太と恵美は同じ部屋にいる。ルイは部屋に籠っている。愛は和人のマッサージを受けるために部屋で待っている。今晩は何か二人に進展がありそうな気がした。

もう体調は良くなっていたし、何か、クリスマスの時刻を示す時計がある部屋に居る気は起きずにダウンジャケットを取り部屋を出た。自分の食器を片付け、ビールを取り、屋上に上がる。ダウンジャケットに袖を通し、煙草に火を点けた。柵は雪で湿っており、吐く息も白い。居心地は決して良くないが、今日はこれでいいと思える。柵からジャケットを通し濡れていくのがわかる。息の白さも煙草によるものか体温によるものかわからない。

缶ビールを開け、一気に飲むと胃に熱と冷が流れ込むのがわかった。智子は頬に流れ落ちる涙に気がついた。なぜ泣いているのかもわからない。母と血が繋がっていなかったからか、この雪化粧が美しすぎるからか、あるいは両方か。

静かに、ゆっくりと背後で屋上の扉が開いた。

「メリークリスマス。姉さん」

後ろからルイの声がする。

「ルイはクリスマスなんて気にしないでしょ」

智子は振り向かずに答えた。時計の針はぴったりと零時を指している。

「普段はね。姉さんにプレゼントって思って待ってたんだ」

「ルイが弟なんていつ誰が認めたの？」

足音が近くなる。

「姉さんを産んだ人が認めた時から」

背中に温もりを感じた。産んだ人。富美がルイを養子にとった時から。涙は奇妙に体温よりも高い熱を持っていた。智子はもう何も言えず、振り返ることもできない。後ろにいるのは誰なのだろう。

「姉さん。姉さんは父さんを愛した。それは姉さんに罪はない」

やはりルイは白井の息子だ。智子が白井を愛したことで、どれだけのものが崩れていったのだろう。

「僕は、父さんを尊敬し、逆に軽蔑をしていた。僕は、父さんの良い所も悪い所も知っている。だからこそ、父さんを越えられると思った。母さんは、父さんが羽振りが良く、独り身であったことですぐに僕を作り、結婚をした。もちろん愛してもいただろうけど。だが、父さんの生活は張りぼてそのものだった。一時期儲けた商売からの貯金を崩し生活をした。必要な時に少ない生活費を渡し、忙しいと帰ってこなくなった。輝く社交界から抜け出せずに、生活は困窮していくままに父さんは過ごした。いつか終わりがくるともわかっていただろうに」

予想通りだ。その金で智子と豪遊し、逢瀬を重ねた。

「僕が十四歳の時に母さんは僕を犯した。もう一度、子供が出来ればあの人は帰って来ると。その対象が父さんであるか息子の僕であるかの区別なんて、もう母さんにはつかなかったんだ。男の身体になり始めていた僕は反応した。そうだ、何度目かは憶えていないけどその時に、姉さんが家に来たんだよ」

智子はただ、涙を流し続け、景色を見ていた。人を愛することはこんなにも罪なのだと、思った。

「姉さん、聞いてる？」

ルイは後ろから智子を抱きしめ続けた。

「白井さんは、どうなったの？」

「父さん。父さんは、とある大企業の工場に入った。知り合いの伝手《つて》でね。そこは巨大なローラーがあって、車のタイヤの素材を作り出す工場だった。父さんは事故を装いそのローラーに飛び込んだ」

智子は目を瞑った。死ぬ気だったのだろうか。それとも、もう一度生活を取り戻すためだったのだろうか。

「父さんはほとんど植物状態だけど、死ななかった。死ねばもっと金がもらえたんだろうけど。父さんは馬鹿だ。そんなローラーに飛び込めば、五体満足でいられないだろう。その後会社から少なくない見舞金が払われたよ。解約寸前だった生命保険の金も。だけど父さんがそれを知る由も無い」

寒い。白井は今何を想うのだろうか。

「母さんが僕の子供を宿した同時期に父さんが事故に遭い、姉さんが入院したくらいかな？　おばちゃんが家に来た。おばちゃんは姉さんのことを調べたのかすべて知っていた。そして、たまたま外に出た僕に土下座をして謝った」

瞳の裏には富美がルイに土下座をする様子が浮かぶ。富美にとって、智子はやはり我が子なのか。

「私の娘がすいません。なんでもします。許してくださいって、何度も何度も」

「でも、私、知らなかった。家族が、いるなんて」と嗚咽を漏らしながら答える。

「うん。僕もわかってる。でもおばちゃんは、姉さんが既婚者と知っている上で父さんと不倫をし、結果、僕たち家族が苦しんでいると思っていた。僕は〝智子さん〟に興味を持った。父さんが最後に愛した智子さんを。智子さんを永遠に僕のモノにしたいと思った。父さんみたいに浅はかではなく、永遠に。だからおばちゃんの背徳心を利用した」

智子はルイに振り返り、顔を見た。ルイは涙を流しながら笑っている。

「今は母が僕の子供を育てながら父さんの面倒を看ている。父さんに意識は戻っていないし、意識が戻ったところで動けないだろう。そして、その生活は父さんにとって死ぬよりも退屈で華のない日々だと思う。いい時期になって、僕は母さんから性的虐待を受けたと言った。そして、施設に保護され、おばちゃんが迎えに来るのを待った。必ず来ると思っていたし、それは約束事だったから」

淡々と話しているように聞こえたが、ルイは涙を流し続けていた。何に対する涙なのだろうか。智子も涙が止まらない。

「母さんから金を少しもらって、おばちゃんに施設の話を持ちかけた。おばちゃんは僕の言うことは何でも聞いた。おばちゃんが病気だってことも聞いたし、姉さんはいずれ、絶対にここに来ると思った。だって姉さんはおばちゃんの娘で、僕は姉さんの弟になった。どう転んでも、いつか必ず来るって。実際そんなことなくても姉さんはすぐに来てくれたけれど。おばちゃんが事故で死んだのは予想外だったけど、もしかしたら僕が負担をかけすぎたせいかもしれない」

不幸な少年がいること、白井の妻がおかしくなってしまったこと、ルイが富美と居たこと、ルイが私を待っていたこと、白井が植物状態であること、富美が亡くなったこと。すべて、智子が居なければ、産まれなければ無かったかもしれない。

「ごめん、ごめんなさい。ねえ、私はどうすればいい？　どうしたらいいの？」

智子はルイのシャツを両手で掴み顔を下に落とした。ルイは智子の顔に震える手を当て、持ち上げ目を合わせた。

「お願い。ずっと、僕とここで家族として、家族を作り続けてほしい。色んな子供を迎え入れて、二人で送り出す。僕が望むのはそれだけだ」

ルイは智子に命令や指示ではなく「お願い」をした。ルイが本当に欲しかったもの。智子が本当に欲しかったもの。だが手に出来なかったもの。二つは綺麗なパズルのように合致していた。智子とルイはクリスマスに同じプレゼントを手に入れた。それは残酷だが温かい、これからの二人を縛り付けるものであり、同時に自由になる、相反した歪《いびつ》で美しいものだった。

施設はその夜、遅くなるまで大きな笑い声や光に満ち溢れていた。そして、これからもずっとそうでありたいと思う智子の閉じた瞳からは熱い涙が流れ続けた。

（了）

村崎　愁

大分県別府市出身。
2012年に鬱病とパニック障害を発症し、
現在療養中。

同じ羽を持つ鳥は群れを成す

2018年1月22日　第1刷発行

著　者　村崎　愁
発行人　大杉　剛
発行所　株式会社 風詠社
〒553-0001　大阪市福島区海老江 5-2-7
ニュー野田阪神ビル 4階
TEL 06（6136）8657　http://fueisha.com/
発売元　株式会社 星雲社
〒112-0005 東京都文京区水道 1-3-30
TEL 03（3868）3275
印刷・製本　シナノ印刷株式会社

ISBN978-4-434-24286-1 C0093

乱丁・落丁本は風詠社宛にお送りください。お取り替えいたします。